黒い影

谷 玲月

東京図書出版

まえがき

出雲という土地で古くからある風習の中で育ってきた佐々木京子。
母親を早く亡くし、家庭での愛に恵まれず自由奔放に生きている玉木富裕子。
旧華族の厳格な家庭に生まれ、育ってきた郡司桜子。
彼女達はどのようにして自分の道を歩んでゆくのでしょうか。

エールフランス機は成田の滑走路をすべるように走り出し、陸を離れた。やがて機体が転回したのか、遥か下の海がキラキラと光る波間に舟が小さく見えた。暫くして機長のアナウンスが流れてきたが、フランス語なので京子には聞きとれなかった。日本語でのアナウンスにシートベルトを外すと、ヘッドホーンを当て座席の前にあるパネルをタッチしてクラシックの音楽を聴き始めたが、隣の席に座るはずの富裕子が座っていないのが淋しかった。二人で行くはずのパリ行きが一人旅になってしまったのに加え、旅慣れている富裕子がスケジュール表を作ったので、それを見ながらの旅行となり不安を感じていた。

二日前の早朝に電話が鳴った。

「早くに起こしてごめんなさい、夜中にパパが倒れたって兄から電話があって、今病院からなの。見つけるのが早かったから、命には別状がないみたいだけど……」

富裕子の動揺した様子がスマホの声を通して分かった。

「そうなの、何で倒れたの？」

「脳出血なんですって、今は昏睡状態だけど。私、パリには行けなくなっちゃったけど、ごめんなさい」

「それは大変ね、パリ行きのことは気にしないで、お父様を看て差し上げてね。でも私、どうしようかしら」

「折角だから一人で行ってらっしゃいよ、パリのホテルの予約もしてあるし。私が案内する約束だったけど、観光ルートの予定表渡してあるでしょ。タクシー代私が持つから、英語通じるし京子なら大丈夫よ。まだ早いから旅行社が開いたら電話して私の分はキャンセルしておくから……じゃ、ごめんなさいね」

「じゃあ一人で行って来るわ、お父様をお大事にね」

「ありがとう」

富裕子の電話は切れた。

京子は学生時代、交換留学でカナダに三カ月と、あとハワイに友人三人で行った事はあるけれど、正直パリの一人旅は不安だった。いずれは出雲に帰らねばならないのだから、自由に外国旅行に行く事が出来るのは、これが最後になるだろうと、一人旅に踏み切ったのだが、賑やかな富裕子の声がしないのは思いのほか淋しかった。

キャビンアテンダントが和食と飲み物を運んでくれた。そう、彼女なら洋食っぽい物を頼んだろうと思いながら、日本時間ではもう一時を過ぎていたので箸を取った。

アイスティーを口にしてから京子は座席をリクライニングして、アイマスクをしヘッドホーンを耳に当てた。流れてきたショパンのピアノ曲に少し不安も消え、まだ早い時間なのにうとうとと眠ってしまった。キャビンアテンダントがそっと膝掛けを掛けてくれたのにも気がつかなかった。

京子は島根県の出雲市の奥出雲といわれる雲南市で五代続く、木材業を営む旧家の四人姉妹の三女として生まれた。

祖母の環《たまき》は修司を婿として四代目を継ぎ、二人は長女和子、次女昭子、三女正子と三人の娘に恵まれたが、体の弱い長女和子に松三を婿に迎えて五代目を継がせた。環は十八歳で結婚して十九歳で和子を産んだが、性格が男勝りで家付き娘ということもあって、今まで家業も家庭の中全般の事も彼女の一存で決めてきた。

二代も婿を取らなければならなかった女系家族であったため、今度こそ男の子が欲しいと、孫である三女の京子に家を継がせ絶対に男の子を産ませると言って、環は京子に対して小学校の頃から姉達とは違った育て方をしてきた。中学までは出雲の中学に通わせ、習字をはじめ習い事には環自身が運転して車で送り迎えをし厳しく育て、京子も色々な事を習うのが楽しかったし、環に家を継ぐということを耳に胼胝《たこ》が出来るほど言われていたので、成績も何時も一番で通してきた。

環から、

「たとえ奥出雲といえども、これからは外国の木材も入って来るし、外国との取引も直にするようになるかもしれんけん、英語が堪能でなくては駄目だけんね。京子はイギリスとか、アメリカに短期留学してでも勉強せないけんよ」

と言われて、大学三年生の時に三カ月ほどカナダの学校に交換留学をした事があるが、観光に行ったのは一度だけだった。

環は母和子以外の娘は神戸の女子大に入れた。一人は叔母の昭子で、医師の友塚雅夫と結婚し五反田に住んでいる。下の叔母、正子は商社に勤める小川一義と結婚し、今は岡山に住んでいる。正子は五反田の叔母とは違い物静かな性格だった。

皮肉なことに外に出した娘達には男の子が授かり、跡を継いだ母和子は四人共女の子ということになったが、勝気な環は一言も愚痴を言ったことは無かった。

うとうととしていた京子は目を覚まし、「一人頑張って家の為だけに人生を費やしてきたけど、果たして祖母は幸せだったのかしら……」と思った。

自分もその環の計画に乗っているけど、環の思い通りにいくのが私の幸せに繋がっていくのかしらという疑問が頭をもたげ、これから行くパリ行きが思いもよらない一人旅になったことも相まって、京子をいくら不安でも精一杯楽しい旅行をしてこなければという思いにさせるのだった。

飛行機はパリのシャルルドゴール国際空港へと着き、入国審査を済ませて無事荷物も受け取ることが出来た。富裕子が予約を入れていた、モンサンミッシェルの見えるホテルへと向かいながら、

「やっぱり富裕子と来たかったな……」と思った。あの大柄で派手な富裕子なら、この大きな空間に呑み込まれることもなく、ペラペラと話しながらホテルに連れて行ってくれたのに。タクシーがホテルに着いてチェックインをした。以前誰かの話で、フランス人はあまり英語を話したがらないと聞いていたけど、フランスの中でも観光客の多いパリなので、富裕子の言っていた通り不自由無く英語で会話が出来てホッとした。

旅行社から連絡があったようで、モンサンミッシェルが見えるツインの部屋だった。

「すばらしいわ」

窓に駆け寄ると暮れゆく海とかすかに修道院が見えた。着いたばかりだけど富裕子にラインを送った。

「やっぱりパリに来て良かったわ（花丸絵文字）」

例のごとく何の返事も無かったが京子はその部屋が気に入って、ハーフコートをハンガーに

掛けてソファにどかっと座った。

　早朝、食事をしてからフロントにモンサンミッシェルに行くタクシーを頼んだ。富裕子と一緒にと思ったら、彼女は、

「あんな階段や坂道ばかりのところ、一回行けばもう興味が無いから、車で橋まで送るから一人で観光してきなさいよ。私は四時間くらいドライブしてくるからね」

　と言っていて、どちらにしても島には一人で行く事になっていたので、一応の下調べはしておいた。

　京子はラフな厚手のブラウスにハーフコートを着て、襟に薄手のマフラーを巻いて紺のスニーカーを履き、ミッシェル島をスマホに収めながらゆっくりと長い橋を渡った。六月の海風は寒かったが修道院を観たり周りの人々と軽い挨拶を交わしながら歩いた。大通りの門を抜けて坂道を歩くと両側におみやげを売っているショップが建ち並んでいた。珍しくて可愛い物が並んでいたが、これから上る坂や階段を思って買うことを止めて見て楽しむことにした。ゆっくり歩いたのでもう昼食の時間になり、ガイドブックに書かれている名物のオムレツの店を探し、コースでオマール海老も注文して、出て来た料理をスマホで撮って富裕子に送った。大階段を上り修道院に着いた。確かに、富裕子が行かないと言っていた通り、派手な物は一つも無い歴史で固められた島だった。京子は出雲の歴史豊かな環境で育ったせいか、この色々な時代

を生き抜き、そして人々から崇められるモンサンミッシェル島を歩くことが出来てよかったと思っていた。

休憩をしながら島を後にした。帰りは疲れたのでル・パッサーというシャトルバスで橋を渡った。

ホテルに帰り、ゆっくりとお風呂に浸かりながら、一人歩きも時間を気にせずに良かったと思う反面、大勢の家族に囲まれて育った京子には、話し相手のいないことは自由であることより淋しさを感じた。日本を離れてまだ二日しか経っていないのにもうホームシックになっているのかと自分が可笑しくて、

「やあね。子供みたい」

と笑った。

祖母の環は何時も家を守ることで一時もじっとしていられない人だが、やはり自分も与えられる方より人に与える方が性分に合っているのかもしれない。憧れのパリ、そしてこれからの観光が楽しみではあるが、しかし誰とも笑ったり話をしたり、共感が出来ない、ただ一人で感銘するのみの時間であると思うと観光することも何か気が重い味気ない思いがしてきた。

翌朝、富裕子のスケジュール表を見てホテルをチェックアウトし、タクシーでオペラ座の近くのホテルに移った。一息ついてガイドブックを頼りにオペラ座に行った。天井までの大理石

の階段を歩き、日本とはまったくスケールの違う建築に心を奪われた。富裕子のスケジュール表に書いてあったオペラ座裏手にあるロベラレストランを見つけて、クラシックを聞きながら昼食を取った。

「私、まるで富裕子の操り人形のようね」と一人喉の奥で笑った。突然、スマホにラインが入った。

「楽しんでるかな？」

珍しく富裕子だった。

「So so」

京子は悪戯《いたずら》っぽい顔でラインをした。どんな顔でこのラインを見るんだろうと、にやっと笑った。例のごとく返信は無かった。

オペラ座の側のホテルから、富裕子に渡されたスケジュール表とガイドブックを片手に歩いたり、タクシーに乗ったりしてシャンゼリゼ大通りで凱旋門を観て写メしたり、エッフェル塔からセーヌ川を水上バスに乗りシテ島のノートルダム大聖堂を観たりして三日間は過ぎた。

明日、最後の日はルーヴル美術館を見学することにしていた。

ホテルに帰り夕食を済ませてから部屋に入り、お風呂に浸かりながら素晴らしい文化を持ったフランスのほんの一部だけの観光だったけど、一人でもやっぱり来て良かったと思った。湯の中で疲れた足を揉みながら、「富裕子はあんなスケジュールを組んだけど何時も車ばかり使っているのにこんなに歩けたのかしら、それともガイドブックを見ながらだったから私が歩き過ぎたのかしら。でも今日は楽しかった。富裕子はさっきのラインを見て多分不機嫌な顔をして、例のように返信なぞしてこないわ」と思った。


病院のソファに座って富裕子は初夏の空を見ていた。

運良く喜代子が早く見つけてくれたから良かった。ドクターが後遺症は残らないでしょうが、くれぐれもアルコール類は飲まないようにと言われていたけれど、まあこれに懲りて飲まないとは思う、とベッドに横たわる父理《おさむ》の顔を見た。

母の華は富裕子が生まれて直ぐに関節リウマチで手足が不自由になり寝たきりになってしまったので、父は、山梨の親戚を介して山野喜代子を乳母として雇った。喜代子は子供も無く夫と離婚していたので母と富裕子の世話をしてきた。富裕子が高一の時、母華は亡くなった。喜代子の気の付く性格を父が気に入ってか、彼女は母亡き後も父の世話をするようになった。昔からの女中サトもいたが、母が亡くなった時はもうすでに七十過ぎになっていて、富裕子にそっと、

「私、喜代さんがここに来た時から何か目付きが男好きな人だなあって思ってたんだわ。お嬢さんにこんな事言って、すみません」

台所からお盆に湯呑みを載せて父理に持って行く喜代子の後ろ姿を見ながらそんな事を囁いたことがあったし、富裕子と理がハムエッグとパンとコーヒーの朝食を食べ終わって父が先に席を立った時、喜代子が後片付けに来て、

「まあ旦那様、コーヒー残して、勿体ないこと」と言って、父の口を付けたコーヒーを立ち飲みしてお盆に載せて台所に持って行ったことがあった。

富裕子でも父親の残したコーヒーは飲む気がしないのに……と不審に思って喜代子の後ろ姿を見ていた時、台所からお盆を拭きながらサトが急いで来て、

「お嬢様、見なさったかね、怪しいね」

と含み笑いをしながら喜代子の後ろ姿を見ていたことを思い出していた。

母が死の間際に兄や姉に、

「喜代子には私の骨を拾わせないで」

と嘆願するように言ったことを考えると、母は父と喜代子の関係を知っていたのかもしれない。

今だってその関係は続いているはずだから早く見つけることが出来たんだ、と父の顔を見な

がら亡くなった母がどんなに辛い闘病生活をしていたのかと思うと大きな溜め息が出て、涙が頬を流れおちた。

「ああ、嫌ね」

立ち上がって涙を拭きながら窓辺に寄って空を見た。こんなだったら私もパリに行くんだったのに。京子は何しているのかしらと思ってラインを送ったのに、

「So so」

とは何ごと、「まあまあね」だなんて、折角計画書まで作ってやったのにさ。

何度行っても素晴らしいエッフェル塔やライン川の流れ、日本のどこにあんな夢のような場所があるかしら。いっそフランスで暮らしたいと思った事もあったのに。京子は自分の生まれた古代遺産のある出雲が一番ホッとする場所と言っているし、以前一度お土産にって桜子と二人にお揃いの瑪瑙《めのう》で作られた勾玉《まがたま》のストラップを貰ったけど、何も嬉しくなかったので女中として住み込みで働く尚子にやったら、

「勾玉って幸運を呼ぶんですよ、うれしいわ、ありがとうございます」

と言っていた尚子の喜ぶ顔を思い出していた。

喜代子が隣の部屋から病室に入って来たので、

「私帰るわね」

と言うと、

「今お見舞いに頂いたメロンを切ってきましたのに」

「いらないわ、お邪魔様」

そう言って、富裕子は、テーブルの上に置いてあったヴィトンのハンドバッグを持って身を翻《ひるがえ》すように病室を出た。

駐車場から真っ赤なポルシェに乗って中華街から少し離れたホテルの中にある中華料理の店に入った。ウエイターがいち早く見つけて、

「いらっしゃいませ、今日はお一人様ですか」

「そう、港の見える席が空いている？」

「こちらへどうぞ」

とウエイターは衝立で囲われた、まるで個室のような席に案内してくれた。富裕子は腹が立ってしょうがないから、ジャスミン茶を持ってきたウエイトレスに、

「このコースにするわ、ああ、あとフカヒレスープを付けてね」

とメニューを指差した。

「それから食後にメロン、厚く切ってね」

「お飲み物はどういたしましょうか」

「車だからジンジャーエールでいいわ」

「かしこまりました」

と言ってウエイトレスは下がった。

「何よ、なんであの素晴らしいライン川の観光船がSo so、なのよ」

富裕子は父親譲りの厚い唇に真っ赤な口紅を付けて、大きな目に更にアイラインを引いて付け睫毛《まつげ》を付けた目を大きく見開いて、ポッチャリとした手でテーブルに頬杖をついた。

夕方、京子からラインが入った。

「あす帰るわ。今日はルーヴル美術館に行きます」

富裕子は自分の作って渡した計画を変えている京子に、また腹が立った。

「お好きに」

直ぐに京子から返信が来て、

「やっぱり富裕子と来たかったから、So soよ」

え？　そんな意味だったのね。今まで京子に対して腹を立てていたのが嘘のように引いて、ひきつっていた顔が綻《ほころ》び始めた。

「成田に迎えに行くわね」

「ありがとう。楽しんできま〜す」

と笑いの絵文字が付いていた。スマホをリビングのテーブルに置いて、ソファにごろっと寝た。

「パパが大したこともなかったなら、やっぱりパリに行けば良かったわ」

と留守の間に掃除をしていった尚子の作った麦茶を、グラスに注いで飲んだ。

私が大学に進学して父のこのマンションに移ってから、父が喜代子を通いの女中としたのも兄や兄嫁の手前、勘ぐられたくなかったからなのかしら。通いといっても朝八時に来て九時に帰ると兄嫁の美佐代姉さんが言っていたし、私に告げ口を言っていたサトも辞めて入れ替わりに尚子が働くようになったけど、兄達家族は大きな居間こそ一緒でも廊下を挟んだ別棟で、玄関も風呂場も父のいる二階にもまったく行き来が無く、一階のキッチンの隣にはサトの寝起きしていた女中部屋が二間あったが、母の華が寝込むようになってからは、二階に赤ん坊の富裕子と喜代子が寝る部屋と風呂場を増築した。兄家族は居間までは来るが、兄ですら二階には来なかったのだから、いくら通いにしたって、喜代子がその気になったら、以前の関係は続けられると思った。まさかパパは喜代子を後妻にするつもりは無いと思うけど、サトが言っていたように、喜代子の目は、何時も眠そうにとろんとしていたのを、それがサトのいう淫乱《いんらん》な目つきというのか、病院は完全介護なのに今もパパから離れないで、二間ある隣の部屋のソファベッドで寝ているというのは何か得体の知れない女だと思い始めた。

「まさか、自分に都合の良い遺言状でも書かせるつもりじゃないでしょうね」

富裕子はソファから、ガバッと起きた。


ホテルで朝食を取って、今日はゆっくりルーヴル美術館を鑑賞しようと白にブルーの縞のワンピースに白の上着を着た。ショートヘアに紺のベレー帽をかぶり、普段履きの慣れたローヒールの靴を履いて部屋の鏡に全身を映して見た。テーブルの上に置いた、ガイドブックを入れたトートバッグをショルダーのように肩に掛けて部屋を出た。美術館をゆっくり見たいと思ってホテルの前からタクシーで美術館に向かった。まだ早いと思っていたのに、もう大勢の人が並んでいた。地下の売り場でチケットを買って、半地下から人の流れにそってガイドブックを見ながら、これが『マルリーの馬』等とゆっくり鑑賞していた。一階に上がろうとした時、後ろから男性に呼び止められた。

「失礼ですが、どこかでお会いした事がないでしょうか？」

京子は少し薄暗い中での男性を見て、どこかで会ったような気がしたが、背の高い端整な顔立ちを急に思い出した。

「あの、間違えていたらすみません。御流松尾花道の若家元、松尾竜一郎様でいらっしゃいませんか」

京子は思い出して急に顔が赤らむような気がした。一年程前に岡山に住んでいる叔母の小川正子から電話があり、

「私が習っているお花の家元と若家元を中心に各支部の先生方の花展が東京のデパートであるのよ。私の先生も出展なさるので五反田のお姉さんの所に泊めてもらって、ご挨拶方々花展を見に土曜日に行こうと思うけど、姉さんその日都合が悪いそうなのよ。東京はあまり分からないから都合が良かったら一緒に行ってくれないかしら」

と言われて、叔母の先生も出展している花展を見に行った事がある。その時に叔母が先生にご挨拶をしてから、会場で五ツ紋の紋付仙台平の袴姿の若家元が会場に訪れている社中の方々と如才無く挨拶や話をしている姿を見て、京子はその端整な姿に思わず、

「若家元って素敵な方ね」

と呟いたのを叔母は耳聡く聞きつけ、自分の先生を捜して三人で若家元にご挨拶してから、

「私の姪でございますの。今は東京の大学を出まして銀行に勤めております。佐々木京子と申します。どうぞお見知りおき下さいませ」

と年甲斐も無く少女のようにはにかんでいる京子を紹介してくれた。京子も丁寧にお辞儀をして、

「佐々木京子でございます。本日はおめでとう存じます」

少し消え入るような声で挨拶をしたことを思い出した。

「ああ、そうでしたね、あの東京のデパートの花展でお目に掛かった……」

竜一郎は暫く考えてから、

「えーと、京子さん、そう佐々木京子さんですよね。私もあの時の貴女の姿はよく覚えてますよ。確かあの時はお着物でいらっしゃったので、ちょっと声を掛けるのに戸惑いましたが、またお会い出来るなんて嬉しいな、しかもパリで。お一人で観光旅行ですか」

と、ちょっと周りを見廻した。

「ええ、一緒に来るはずの友達が急に来られなくなりまして……、彼女の案内で来る予定でしたので楽しいはずの旅行が話し相手がいないので少し淋しくて」

竜一郎がフルネームで覚えてくれていたことに驚きと恥ずかしさを覚えた。

「そうですか。私は来年パリで行う御流松尾花道展が出来る会場等を下見する予定で、二人の姉と理事長等と五人で来たんです。凡《およ》そ会場も決まりましたので、後は生花の持ち込み制限等事務的な手続きその他の事に理事長達が行きましたし、二人の姉はついでにフランスのニースの方まで観光に行きましたので、私は今日と明日、パリの観光です。理事長達とは空港で待ち合わせすることになっていましてね。京子さんは明日の飛行機ですか？」

「ええ、明日十三時五十分発の飛行機ですの」

「残念ですね。でも今日は一日お一人ですか?」

「はい、ルーヴル美術館をゆっくり鑑賞する予定ですの」

二人は周りを見ずにゆっくり歩いていた。

竜一郎は急に足を留めて、

「今日は一緒に鑑賞しませんか、私で良かったら」

まるで求婚するような顔で京子に言った。京子も以前花展で会った時から憧れていた人に誘われたので顔を赤らめながら、

「宜しかったらご一緒させて下さいませ。嬉しいですわ」

とやっと言った。そういえば花展の時に誰かの視線を感じていた事を思い出した。

「私も昨日まで仕事の事で理事長や姉達と大勢でいたので、やっと解放されてホッとしていたところでしたが、京子さんと一緒なら楽しいですよ」

と前を見て言った。それからはルーヴル美術館のガイドブックを二人で見合いながら、『ミロのヴィーナス』、『サモトラケのニケ』、『モナリザ』等、竜一郎の解説を聞いたり、京子の感想を言ったりと二人の心は急速に接近していった。

二人で昼食を取りながら、

「以前デパートの花展を拝見致しました時、題が『波』でしたわね。白にブルーのカーネーションのグラデーションで躍動的な大作でしたわ。叔母も若家元の作品の前からなかなか動かなかったんですよ」

コーヒーを飲みながら打ち解けた話をした。

「やあ、覚えて下さってたんですか。葛飾北斎の『富嶽三十六景』がヒントでしてね。京子さんは鋭いですね、ご趣味は？」

と竜一郎が京子をじっと見て聞いた。

「本当に趣味程度ですけど茶道を少々いたしました。里の出雲では日常的にお茶を頂きますので、子供の頃から祖母に連れられましてお稽古に付いて行きましたけど、本当はお菓子が目的でしたの」

京子は思わず笑った。

「素敵だな……で、今もなさっているんですか？」

「東京では祖母が習ってました不昧流の教室がどこにもありませんので、五反田の叔母の友達がお稽古にいらっしゃっている所に入門させて頂きましたが、銀行に就職いたしましてからは時間が無くて。根が怠け者ですので」

と京子は肩をすくめて小さく笑った。

竜一郎も笑いながら、

「環境がいいですね。僕は京都の美大を出ましてから日本画がやりたかったんですが、長男として生まれて、あとは姉二人ですから、それも家元を継ぐ宿命として生まれましたので、父から日本画は作品のデッサンの為だけと言われて趣味にも出来ないんです。家元を二人の姉のどちらかに継がせる訳にもいきませんしね。ああ、すみません、こんな話をしてしまって」

「いえ、でも御家元をお継ぎになるのは大変ですわね。私も出雲の小さな木材会社ですが、祖母に、四人姉妹の三番目ですのに私が家を継ぐことに決められまして、祖母も、母も婿を取ってますので、私もいずれ跡取りとして出雲に帰らなければなりませんの。それを条件で東京の大学に行かせてもらい、それまでは自由に東京で世間を勉強しなさいって言われまして。まあ、私までこんなお話をしまして、すみません」

京子はトートバッグからハンカチを出して口を押さえた。

竜一郎は気分を変えるように、

「パリは歴史がそのまま残っていますし、日本とは空気が違いますね。さて、また鑑賞しましょう」

ガイドブックを広げて、

「三階でしょうかね」

と椅子から立ち上がった。

ルーヴル美術館を出た時はもう夕暮れ時になっていた。二人は今観てきた世界に名だたる美術品の話をしながらセーヌ川の辺りを歩いた。

「京子さん、良かったら僕のホテルで食事をしませんか」

突然の竜一郎の誘いにびっくりしながらも、このまま別れるのがとても淋しかったので、

「ええ、宜しかったら喜んでお供いたしますわ」

ちょっと恥《はに》かみながら返事をした。

竜一郎はタクシーを探して京子を呼んだ。

「プルマン・パリ・トゥール・エッフェルまで」

とホテル名を言うとタクシーは走り出し、やがてエッフェル塔のすぐそばの大きなホテルに着いた。竜一郎は料金を払って京子とホテルに入った。レストランは前もって電話で予約をしてあったのか、二人はエッフェル塔の見える席に通された。京子は何かしてはいけない事をしているのではないのかと自分自身に問いただしたが、今竜一郎と別れたら一生後悔するような気がした。初めて花展で竜一郎に会った時から心の底にときめきを感じていたが、花道の若家元を愛する事は出来ないと分かっていた。今こうして向き合っていても互いに結婚出来ない相手だということは竜一郎も自分も分かっている。

でもどうしても別れられない切ない気持ちで胸がいっぱいになっていた。

美術館ではあんなに楽しそうに話をしていた竜一郎も、ディナーを食べながら寡黙《かもく》になっていたし、京子もたまに話し掛けられても、上の空で何を話したのか分からず食事が終わった。

紅茶を飲みながらエッフェル塔を見上げて、別れなければならない時が近づくと涙が出てきた。すかさず竜一郎が京子の手を握った。京子は手を引くでもなく暫くそのままいたが、涙で霞む目で竜一郎を見て、その手の上に自分の片方の手を重ねた。

「まだ、まだお別れしたくないわ」

胸が潰される思いに小さな声で呟いた。

「本当に？」

竜一郎は京子の涙に濡れた目をじっと見つめた。京子は静かに頷いた。

「僕の部屋に一緒に行く？　今夜だけ」

京子は俯《うつむ》きかげんに頷いて、竜一郎の手をもう一度握り返した。

二人は席を立ち、竜一郎は京子の肩に手を廻してエレベーターに乗った。

竜一郎はまるで花嫁を抱くようにして部屋に入ると熱い抱擁をした。京子はただ夢の中にいるように竜一郎を求め、竜一郎も京子から体を離すことがなく一夜を共にした。京子は竜一郎の温かい腕の中でとろっと眠った。目を覚ますと竜一郎の顔がすぐそばにあって、急に恥ずかしくなって竜一郎の胸の中に顔を隠した。

「僕は女性の寝顔を初めて見た。とても可愛い寝顔だったよ」

とおでこにキスをした。

もうしらじらと明けてきた朝の気配に、京子は時計を見るのが怖かった。

「今、何時かしら」

「もう少しで六時になるかな」

と竜一郎が枕元の時計を見て言った。京子は急に起き上がってバスローブを着た。

「どうしたの、そんなに慌てて」

「私十時にはホテルを出て空港に向かわないとならないの。まだ帰る支度もしてないし」

「分かった、もう別れる時間なんだ。僕も一緒に行って手伝って、空港まで送るよ」

京子はバスローブのまま起きかけた竜一郎の側に腰掛けて、竜一郎の首に腕を廻して熱いキッスをし、そのままの姿勢で言った。

「駄目よ、悲しいけどここでお別れしましょうね。じゃないと、もう貴方と別れられなくなっちゃうから、これは私達の宿命ですもの」

涙がとめどなく流れた。竜一郎はその涙を自分の両手で拭いてあげながら、

「じゃ、メールアドレスを交換しよう」

と起き上がろうとしたのを京子は、また押さえて、

「いいえ、また会いたくなっちゃうわ。私は貴方が御流松尾花道の若家元、いえ、家元になられるのを何時も遠くから見ているわ。そんな女が奥出雲にいるということで楽しかった思い出を胸にお別れしましょう。貴方のパリでの花展が成功するのを心から応援しているし、何時も、何時も……」

と涙を拭きながら化粧室に走って入った。

薄らと化粧をし、洋服に着替えて、ベッドに腰掛けて俯いている竜一郎の手に軽くキッスをした。竜一郎が立ちかけると、

「ここにいてね、ドアまで来ないで、お願い」

テーブルの上に置いてあったトートバッグを持った時、後ろから竜一郎が抱きしめて、京子の項《うなじ》に熱いキッスをした。

「分かった、僕は送らない。君のこれからの幸せを祈って部屋から出ないし、さよならなんか言わない。君は僕の中にずっといるから」

京子は振り返って竜一郎の顔をじっと見た。急いで部屋を出て戸を閉めた途端に涙がこみ上げてきたのを抑えて、エレベーターからフロントの前を通って外に停まっていたタクシーに乗りこんでホテルに帰った。

まるで逃げるように別れてきたけど、受け止めきれない程の愛情を受けて、こうしてタクシーの中にいても、戻って彼の腕に抱かれたい気持ちでいっぱいだった。溢れる涙を拭き、車はホテルに着いた。頭がからっぽで運転手に料金を言われて慌ててチップと共に支払って降りた。もう八時になろうとしているフロントの時計を見ながら鍵を貰って自室に入った。

竜一郎の部屋に泊まるなど思ってもいなかったので、急いで腫れた目を隠すように化粧をして着替えた。洗面所等忘れ物が無いか見て手当たり次第にキャリーバッグに入れ部屋を出て、ホテルの前に停まっていたタクシーに乗った。

帰国するための全ての手続きを終えて、エールフランス航空直行便で帰国の途についた。

ゆうべ竜一郎の腕の中で少し微睡《まどろ》んだが、あの時はただ一時の愛の炎を燃やす二人は限りない愛に一つになって眠ることなど出来なかった。

他国の人達と一緒に空を飛びながら、昨日一日、竜一郎と美術館を廻った事を思い返していた。『モナリザ』の絵を観ていた彼の横顔、そして振り返って絵の感想を話す彼の口元、『サモトラケのニケ』の翼の話を真剣に話す彼の顔、京子はまた別れてきた悲しさを打ち消すようにヘッドホーンを耳に当ててクラシックを聴いていた。キャビンアテンダントが昼食を持って来てくれ、食後リクライニングをすると毛布を持って来てくれたのでそのまま眠ることが出来たが、二、三時間で目が覚めてしまい、また竜一郎との事を考えていた。

これが本当の恋というのかしら。京子は大学時代、お茶のお稽古場で一緒にお稽古をしていた、長野でホテルを経営している家の次男で、やはり東京の大学に入ってから下宿生活をしていた山下弘二《こうじ》と付き合っていた事がある。お稽古の帰り、たまに京子の部屋に泊まっていった。愛情というより友情とでもいうか、二人でお弁当を買って来て話をしていると楽しかっただけで、二人でお互いの家族の話やテレビを観て笑ったりとたわいもない間柄だった。長野に帰ると言った時も二人だけでレストランでお別れの食事をして、それっきり何年も会ったことは無いが、別に会いたいと思ったこともなかった。

竜一郎を思い出すと、お互いに結婚出来ない身と分かっていても、あの時一夜を共に過ごして狂おしいほどの愛を成就しなければ一生後悔すると思ったし、今もそう思っている。

二人がこの恋のために結婚を考えたら、周りの人にどんなに迷惑を掛けるか。竜一郎をこんなに愛していても、あの大きな松尾流の家元となる人の妻としては支えていけない厚い壁を感じていた。多分竜一郎が私の幸せを祈っていると言って引き留めないでくれたのも、深い愛情で言ってくれたと思われる。私もこの狂おしいほどの恋心は一生心の底に大事にしまい、竜一郎が立派な家元になる事を祈るのが、彼を本当に愛していることなのかもしれないと思えるようになってきた。

「恋焦がれる炎を心の底に仕舞い、我が身を焦がすが良い」

どこからか声が聞こえてきたような気がした。

リクライニングした座席で、また少し眠ったような気がした。

成田空港の入国審査等を経てキャリーバッグを引いてゲートを出た時、遠くで富裕子が手を振っているのが見えた。

「やっぱり迎えに来てくれていたんだわ。彼女にしては朝早かったでしょうに」

と思いながら手を振って応えた。

「お帰り、う〜ん、楽しかったかな」

富裕子は京子の持っている荷物を取って、京子の顔を覗きこんだ。

「So so」

と言って、京子は笑った。

「慣れない一人旅は不安で淋しいものよ。でも楽しかったわ。富裕子が一緒だったらもっと充実した旅になったでしょうよ」

京子はにっこり笑った。

「で、まあまあって言ってたのね。それがさ、パパのこと最初はびっくりしたけど、倒れた時に人がいて処置が早かったし、今は良いお薬があって助かったのよ。私もパリに行けば良かったって後悔していたのよ。ここで待っててね、車で来るから」

富裕子は京子に荷物を返してパーキングの方に早足で行った。やがて車が来ると、京子はトランクにキャリーバッグを載せた。

「迎えに来てもらってありがたいわ。だけど早起きさせたわね」

「ゆうべは近くのホテルに泊まったのよ」

真っ赤に口紅を塗った大きな口で笑いながら、

「京子、パリで良い事あったんじゃないの」

富裕子は前方を見ながら横目で京子の顔を見た。

「すごく綺麗になってるし、誰か恋人見つけたね。日本人？　フランス人？」

にたにたと首を振りながら楽しそうに、また横目で見た。

「誰もそんな人いないわよ、富裕子じゃあるまいし」

「ふ〜ん、その襟首のキスマークは誰に付けられたのかなぁ」

京子は慌てて首に手を当てた。

「ほうらね、何も付いてないわよ。嘘は自分からバレるってね、ハハハ」

と笑って、

「まあ良いわよ、でも本当に綺麗になったわよ、一人旅もまんざら悪いものでもないということとね」

茶化すように首を振って楽しそうに笑いながら、高速道路を走り都心に入ると、

「ねえ、お昼食べる？　でも京子疲れているから、止めようか」

と言いながら、京子のマンションの前まで送ってくれた。

「お疲れ様、また近いうちに会おうよ、パリの彼の話も聞きたいし、フフフ、まあ嘘よ、別の事だけど話もあるのよ」

京子も笑いながらキャリーバッグを車のトランクから降ろして、大きな紙袋からお土産を出した。

「シャンパンだけど。お店の人がおすすめだって言ってたけど、気に入ってもらえるかしら」

「わあ〜、ありがとう。早速頂きまあ〜す。あなた明日から仕事よね、じゃあ連絡くれる？ゆっくり彼の夢でも見てね、メルシー・オ・ルヴォワール」

富裕子はマンションの前からすぐに帰った。

ワンルームの部屋に入って狭い玄関にキャリーバッグを置いて、何日も閉められた部屋に風を入れた。富裕子が迎えに来てくれたおかげで竜一郎のことをあまり考えないで帰って来られたが、自分の部屋に入った途端に無理に別れてきたことが、これで良かったのかと、自分に問いただしながらも淋しさがこみ上げてきた。暫くリクライニングチェアに腰掛けて気が抜けた

ように一点を見つめながら「やっぱり宿命としか思われない。御流松尾花道の家元になる人とは結婚出来ないし、また松尾家の人々に反対されるのは分かっている。出雲で私が帰って跡を継ぐ事を信じてる両親や祖母環の事を考えると裏切る事は、身内と決別することになるし、やっぱりこれで良かったんだわ」

また飛行機の中で思っていたことを、もう一度考えていた。

「彼の事は私の心の奥深くにそっと、そっと、仕舞っておくわ。彼も言っていた、君は僕の中にいるからって」

涙がこみ上げてきた。

外はもう大分暮れかかっていて、ふと我に返った京子は、キャリーバッグの中の物を元の場所に片付けたり洗濯物は洗濯機にかけたりと別人のように働き出した。帰ってから何も食べていなかったことに気付き、即席麺ですませた。明日は何時も通りに銀行に行かなければならないと準備を始めた。寝る頃になって五反田の叔母に電話するのを忘れていたのに気が付き、叔母の携帯に電話をした。

「遅くなってごめんなさい。今日お昼頃帰ったけど後始末に手間取っていたのよ。ありきたりだけどひかりちゃんにチョコレートを買ってきたの、そのうちに届けに行くわ」

「ありがとう、パリの天候はどうだった？　今日帰るって言ってたから心配していたのよ。梅雨が早めに明けたと思ったら毎日雨で、やっと昨日あたりから初夏らしくなってきたのよ。明日から仕事でしょ。忙しいだろうから都合が付いたら顔を見せてね。今日環さんからも心配して電話があったわよ。明日にでも電話してあげなさいよ、年寄りは心配性だからね。パリの話、楽しみにしているわね、おやすみ」

竜一郎の事ばかり考えていたので、叔母に言われるまで出雲に電話をする事も忘れていた。

富裕子が話があると言っていたので品川駅の近くのレストランで待ち合わせる事にした。

その日も初夏らしくないどんよりと曇った日だった。レストランで待っていると富裕子が鮮やかなグリーンの花柄のワンピースにエンジ色のバッグを持って店内に入って来た。

「待たせた？　ごめんなさい。駐車場に車を入れようとしたら、まあ運転の下手なおじさんが、出たり入ったりでやっとスペースに入れたのよ。イライラしちゃったわよ」

と言って向かいの椅子に腰掛けると、

「何頼んだの？」

「まだよ、富裕子が来たら決めようと思って、アイスコーヒーを飲んでるの」

「ふ～ん、Bランチにする。それでいいわね」

水を持って来たウエイトレスに、

「Bランチ二つね。私はホットコーヒーね」

ウエイトレスは伝票を書いてテーブルの伝票入れに輪にして入れていった。

「ね、パリで誰と会ったのよ、私気になってさ、白状しなさいよ。だいたい京子のように美人で背が高くてスタイルが良いこんな人、男が放っておかないでしょ」

楽しそうにテーブルの上に手を乗せて京子の顔をジロジロと見た。

「何も無かったから、So so、じゃないの、嫌ね」

富裕子の物見高い好奇心の塊《かたまり》のような顔が可笑しくて笑った。

「ふ～ん、京子には色気が少ないのかな」

と、つまらなそうにテーブルの上の手をおろした。

「それよりも、この間言っていた話って何なの？」

アイスコーヒーのストローを口に入れながら話を逸らした。

「ああ、あの話ね。この間美由ちゃん、ほら坂本美由貴よ、彼女から電話があってね。美由ちゃんのダーリン太一さんの友人に独身者が多くて結婚願望が少ないんだってさ、草食男子ってところかしらね。で、ダーリンが私達独身女性とで飲み会でもしたらって言われたそうなのよ。まあ貴女の条件は婿さんだから少し難しくてもその美貌だしね、郡司桜子さんも旧華族だといっても今頃許嫁だなんてまるで明治時代のような古い事、親に押し付けられてさ、でも相手の人、気に入らないんでしょ、私だけはフリーよ」

「富裕子は、この間付き合っていた彼はどうしたの」

「ああ、あれね。このバッグ見て、型押しのバッグよ。新宿あたりのデパートで買って来たんじゃないの、ダサいわよね、プレゼントするならやっぱりブランド品ぐらいの気遣いがなきゃあね。この間別れたわ。このバッグ尚子ちゃんにやろうと思ったけど、新品やるのもね、一回使ってからやろうと思って持って来たのよ」

確かにエンジ色のワニ革のような柄の型が付いた可愛いバッグだけど、富裕子の太めの体型には不釣り合いに見えた。

「そうなの。でもなかなかのイケメンだって言ってたじゃないの。もう別れたの？」

「私イケメンも好きだけど、声が太くて響きのある人が好きなのよ、ほら外国映画の吹き替えなんかする人で、いるじゃない、そんな人が好きよ。まあ駄目元でその会に行かない？　楽しそうだしさ。桜子さん真面目すぎて私苦手だから貴女から連絡取ってよ」

富裕子はBランチが来たので、食べながらウエイトレスを呼んで、

「さっきの食後のコーヒー止めて、フルーツパフェにしてくれる？」

京子を見ながら、

「この頃ダイエットしてるんだけど、急に甘い物が食べたくなるのよ。我慢するとストレスで

太るんだそうよ、あ〜もう今が限界、もう一週間甘い物食べてないのよ。まあ、これでよしよし」

食後のデザートとしては大きすぎるフルーツパフェを美味しそうに食べる富裕子を見ながら、この人には心配事って無いのかしらと京子は呆れて見ていた。

坂本美由貴が誘う飲み会には京子もあまり気がすすまなかったし、桜子も独身男性が来るお見合いパーティーのような飲み会なんておそらく拒否すると思うけど、まさか富裕子が好奇心いっぱいでも三人の男性の中に一人で出席させるのも可哀想だし、電話で誘ってみようと思った。桜子の返事は案の定出席したくないということだったが、

「でも女性同士だってなかなか会う事ないわよ。美由貴さんや太一さんにも結婚してから一年も会ってないしね。別に交際を前提にした集まりでもないし、良いじゃあないの、私も多分来年には出雲に帰るし、そうしたらなかなか会えないじゃあないの……ね、貴女が絶対この日は駄目という日を教えてくれれば富裕子に言っておくわ、多分八月中頃の予定じゃあないかと思うのよ。どうかしら」

黙って聞いていた桜子がやっと、

「そうね、夏の夜に涼しい所で貴女と一緒なら良いかもね、でもお盆の頃は親戚が集まるので、母の手伝いをお義姉様達と一緒にしなければならないので、お盆が過ぎた頃だったら良いわ

よ。でも男性も一緒の会なんて家の人には言えないわ。京子はどうなの、お盆には出雲に帰るの？」

「銀行にはお盆関係ないから帰らないわよ」

二人の話は決まった。

「分かった。明日富裕子に伝えておくわ。日にちが決まったら、また電話するわね」

スマホを置いて、実際のところまだ竜一郎のことを忘れることが出来ないでいる自分が他の男性に興味を持てるはずが無いが、何かしていないと淋しくてしょうがないので自分から賑やかな所に行くのも気が紛れるかもしれないと思った。坂本美由貴と夫の太一の計らいで八月の第四土曜日に決まったと富裕子から電話があった。

「男性の皆さんも第四土曜日ならまだ月末には日があるからとのことよ。京子はどうかしら、私承知したことを美由貴にメールしたけど、桜子さんもお盆が過ぎたらって言ってたでしょ。八人が集まるのって大変ね、ドタキャンもあるかもしれないけど……ビアガーデンじゃあ落ち着かないからって赤坂の玉翠楼《ぎょくすいろう》よ、知っているわよね、あそこはビルの上の方だから夜景も綺麗だし直ぐ個室を予約するって言ってた。太一さんが仕事でよく使うから顔がきくらしいの、それから時間は五時ね、玉翠楼での待ち合わせよ、桜子さんに宜しくね」

富裕子は浮き浮きした声で話した。玉翠楼には京子も以前、五反田の叔母一家と食事に行った事があるが、なかなか良い中華料理のお店だった事を思い出した。早速桜子のスマホに電話した。生憎と通話が出来なかったので切って、ラインを入れた。「会う日決まったので返事して」。律儀な桜子だから気が付けば電話をしてくると思ってお風呂に入ったが、その夜は返事が無かった。翌朝、気になってもう一度スマホに電話をしてみたが、今度は掛からなかった。なぜ、どうしたのかしら。今度は郡司家の固定電話にすると、桜子のお母さんが電話口に出た。

「郡司でございますが、何方様でいらっしゃいますでしょうか」

京子は慌てて椅子にきちんと座り直して、

「桜子さんのお母様でいらっしゃいますでしょうか、私、佐々木京子でございます、ご無沙汰しております。桜子さんにちょっとお話がありましたので携帯に電話したのですが、お出にならないので、心配になりまして」

「まあ、ご心配頂きまして申し訳ございませんわね、昨夜から熱を出しまして寝ておりますのよ。ちょっと熱が高かったので、今主人が病院に連れて行っておりますけど、多分夏風邪と思いますけどね、何か急用でもおありでしょうか」

京子は今度の飲み会はおそらく家族に話していないと考えて、

「いえ、別に急ぐ話ではないので、また改めてお電話いたします。お大事になさって下さいませ、失礼いたします」

「ありがとう存じます、帰りましたら伝えておきますわね、またお遊びにお越し下さいませね」

と電話が切れた。京子はスマホをテーブルに置いて、固くなった体を解《ほぐ》しながら、

「やっぱり元華族だけあって品の良い話し方をするわね」

独り言を言いながら竜一郎を思い出した。松尾家の家族の人達には会った事が無いが、松尾家も代々華道の家元だから……ああ、やっぱり私にはそんな格式のある家族の中には入れないと思った。竜一郎への恋する心を断ち切らないと、と淋しさに捕らわれてしまった。

その夜、桜子から電話があり、

「ごめんなさいね。やっぱり夏風邪だそうでお薬を飲んだら大分熱が下がったので、役所を二、三日休めば治ると思うわ。何の話だったの？」

桜子の少し乾いたような声がした。

「大丈夫なの？　電話なんかして、夏風邪って治り難いのよ。この間話してた飲み会の話なのよ、今、大丈夫？」

京子は桜子の母親を思い出しながら小声で話した。

「あら大丈夫よ。母は一階だし、私は二階のベッドから掛けてるから」

「そう、良かったわ。八月の第四土曜日、二十二日の五時に赤坂にある玉翠楼での待ち合わせ

だそうよ。まだ大分日にちがあるから大丈夫よね、でも体が無理だったら一日くらい前に電話くれたら、私、直に美由貴に電話するわよ」

桜子がちょっと呟き込みながら、

「ごめんなさい。まだ二週間も先だから大丈夫よ。京子に会いたいから行くわよ。それに五時なら八時には解散するでしょ。私も貴女に話があるのよ」

「そうなの、分かったわ。じゃ、疲れているのに電話させちゃってごめんなさいね。ゆっくりとおやすみなさい」

「ありがとう、おやすみなさい」

京子はスマホをテーブルに置いて大きな溜め息をついて、話って何かしら、許嫁の事かしら、何時も髪を耳までのショートカットにして、細い茶色の縁の眼鏡を掛けて、シャツカラーのブラウスにタイトかキュロットのスカートでローヒールの靴を履いた桜子の、男性が気軽に声を掛けられない隙の無い格好を思いながら、まずは恋愛ではないだろうと……自分まで富裕子のように詮索好《せんさくず》きであるのに気が付いて可笑しくなって薄笑いした。富裕子が今度の飲み会をあんなに楽しみにしているし、美由貴の顔も立てないといと思いながら、富裕子にラインをした。

「遅くなってごめんなさい。桜子が風邪だったの、連絡つきました。ＯＫです」

珍しく直ぐに返事が来た。

「良かった、楽しみね（ハートマーク）」

あまり気の進まない話の間にたっての連絡は気疲れするな……と、京子は早々にお風呂に入って寝ることにした。


当日はまだ暑い夕暮れだったが、赤坂見附から玉翠楼のあるビルに向かった。エレベーターを降りると、そこは玉翠楼の入り口で両側に大きなモンステラの植木鉢が二、三本ずつ置いてあった。赤いランタンが吊ってあり、「玉翠楼」と金で書かれたガラスの引き戸の自動ドアが両側に開いた。店内は落ち着いた照明で正面には螺鈿《らでん》で中国の山水画のような絵が描かれた大きな黒塗りの衝立があり、直に店内が見えないようになっていた。まだ時間が早いせいか、店内からは静かな話し声がして、独特の匂いが鼻をついた。

「いらっしゃいませ」

と何人かの声が聞こえ、左側のカウンターから首を覆《おお》うようなチャイナカラーの中国服を着た中年の女性が出て来て、

「いらっしゃいませ、ご予約がありますか」

少し中国語の訛りがある言葉で、にこやかな笑顔で迎えてくれた。

「はい、五時に坂本さんという方が個室をお願いしてあると思うんですけど」

「ああ、はい。もう三名様お見えですよ、こちらにどうぞ」

と足の付け根までスリットの入った薄青色のチャイナドレスをひるがえして、少し大仰《おおぎょう》に導いてくれた。個室は大きな円卓が真ん中にあり、八脚の椅子がテーブルを囲って並んでいた。坂本太一と美由貴夫婦と富裕子が三人固まって座って笑いながら話をしていたが、入って来た京子を見て、

「遅かったじゃない。五時って……あっ、まだ四時四十分なのね」

富裕子が待ちかねたように赤い口紅を塗った口を尖《と》がらせて時計を見た。

「ご無沙汰しておりまして、今日は楽しい会を計画して頂きましてありがとうございます。皆様まだなんですか？」

京子は坂本太一にお礼を言って、富裕子の横の席に座ると同時に桜子が入って来て、

「佐々木さんの姿を見て急いで後を追いかけて来たのにエレベーターに間に合わなかったのよ。あ～、坂本様、ご無沙汰しております。楽しみにして来ましたのに遅くなりました。富裕子さんご機嫌よう、暫くでしたわね」

と軽く挨拶をして、

「あら、皆様はまだですの？」

慌てて太一が立ち上がって、

「ちょっと下まで見てきますわ。さっきスマホのメールで三人待ち合わせているからっていってきたんですよ」

と部屋を出て行った。

桜子は京子の横の椅子に腰掛けて、

「私、このお店初めてなのよ、雰囲気が良いわね」

と小声で話した。桜子にしては珍しくブルーのレース地のワンピースの胸に、細いプラチナのチェーンに一キャラット程のダイヤが揺れていた。富裕子が目聡く、

「桜子さん、素敵なペンダントね、その服にダイヤは映えるわよ」

と京子の目の前からそのダイヤを触ろうと身を乗り出した。

「ああこれ、御婆様の指輪だったのを母が私に作り直して下さったのよ、御婆様の形見なの」

とそっと手に取って見ていると、入り口から、ドヤドヤと男性達が入って来た。

「遅くなってすみません」

誰とはなしに、

「いい歳して待ち合わせなんかするから遅くなるんだよ」

と太一が怒って言った。

「女性の方ばかり固まっていないで、折角だから女性と男性と交互に座りませんか、僕と妻と

も離れますから」

　と提案して、まず女性が座り、その間に男性が座った。富裕子は両側の男性の中に太った身体を入れ込んで、

「失礼いたしますわ」

　と愛想良く笑顔で挨拶をした。

　京子と男性を挟んでその隣の席に座った桜子は、例の固い表情で両側の男性の顔を見て分かる程度に頭を下げて京子を見ていた。京子の隣に太一が座って、

「皆揃ったので、何か改まった挨拶をするのも可笑しいけど、僕の友人と妻の友人が集まって、二時間程ですけど、食事会を僕が企てました。ここの料理は美味しいですよ、楽しく話をしましょう、終わり、ハハハ」

　と笑った。円卓の上にはもう料理が運ばれてきていて、グラスも何個も並べてあった。

「飲み物は好きな物を注文して下さい。僕は老酒《らおちゅう》が良いな」

　と中国服のウエイトレスに言った。富裕子は大ジョッキの生ビール、京子は折角なので紹興酒を頼み、桜子を見ると小ジョッキの生ビールを持って来てもらい、無表情な顔の下にダイヤが光っていた。

「やあ、佐々木さんは通ですね、紹興酒ですか」

座を盛り上げるように周りに気を遣っている太一の様子に、美由貴は良い男性と結婚したな～と上目遣いに太一を見た。

「皆さん、飲み物行き渡りましたね、では一応乾杯をしましょう、え……これからの我々の幸福のために乾杯！」

とグラスを高く上げた。

「こんな席で無粋だけど一寸紹介をしておいた方が良さそうだから、僕は男性だけ紹介します、え～と、私の右が宮里和樹で弁護士の卵です」

と笑って、

「私のトイメンが山崎賢二、これは親父の跡を継いで不動産屋をしています……よな。私の左側は澤田優司で歯科医ですので、入れ歯のご用命はこちらに、ハハハ、一寸早かったかな、失敬」

と頭を掻いて、

「あとは美由貴、女性の紹介をしてくれ」

少しアルコールが入ったとはいえ、面白い紹介に皆が笑った。

「いやあーね、失礼なことばかり言ってごめんなさいね、やっぱり分かっていた方がお話が弾みますから、一寸紹介します。四人共平成二年生まれですからご承知下さいね。私の右隣は郡司桜子さん、財務省に勤務……よね」

と一人静かにしている桜子に話し掛けた。

「ええ」

と桜子は頭を下げた。

「その隣は佐々木京子さん、こちらは銀行にお勤めです。で、私の左に挟まったように座っているのは玉木富裕子さん、横浜で代々貿易会社をしている家のお嬢様です。皆、高校時代のお友達ですから。私を除いて独身です。まずは私達の今日のお披露目は終わりましたから、さあ、お料理を頂きましょうよ」

と座ってビールを飲んだ。

「ああ失礼しました、佐々木京子さんとおっしゃるのですか、銀行はどちらですか？」

と早速、宮里が響きのある少し太い声で静かに話し掛けた。

「佐倉銀行の東京支店ですが、私は窓口にはおりませんのよ」

「そうですか、何かご趣味は？」

と料理を小皿に取りながら話をした。

「趣味とまでいきませんが、祖母に茶道を習うように言われまして。大学時代までですので、趣味といえますかしら」

と笑った。さっき紹介された時に弁護士と言っていたが、がっしりした体型で、七三に分けた髪が盛り上がる程ボリュームがあり、太い声で京子の顔を絡み付くように見つめていた。竜一郎の端整な顔を思い出しながら、京子は心の中で救いを求めていた。

突然、宮里の隣に座っていた富裕子が宮里の手を取って、

「まあ、このお料理美味しいですわね、召し上がりました?」

と声を掛けた。

「私達双子のようなんですよ、二人共平成二年三月三日生まれでね。それで仲良くなったんですぅ、ね、ね、宮里さん、ちょっと男女平等なんて言うけど、なぜ五月五日は男の子のお節句で、国が子供の日として休日なのに、三月三日の女の子のお節句は休日じゃあないのかしらあって、二人で不満を言っているんですよ、ねぇ、弁護士さんはどう思われますぅ」

富裕子は胸が大きく開いた、赤に花柄がついた布地に黒の薄いジョーゼットが重なって中の派手な花柄を落ち着かせたワンピースをふわりと着て、広く開いた豊満な胸元に細かい真珠を幾重にも広がらせて、宮里にしなだれかかるように話し掛けた。

「え〜と、富裕子さんでしたね。素敵なお洋服ですね」

と胸元を見ながら、

「そういえばそうですね、大分以前から端午の節句は休日なのに、なぜ三月三日の桃の節句は

休日じゃないのでしょうね、ハハハ、気が付きませんでした。面白い事をおっしゃる人ですね」

「まあ、宮里さんて素敵な声でいらっしゃるわ。私、貴男のような声、大好きですわ」

富裕子はまんまと宮里の心を掴んだようで、ポッテリとした真っ赤な口紅を付けた口でにっこりと笑って、宮里の顔を惚れ惚れと見た。京子は気になって太一の隣に座っている桜子を見た。桜子はグラスの中のビールの泡がもう無くなっている程ビールには口を付けていないのか、ウーロン茶を飲みながら隣の太一と話をしていた。太一は商社マンらしく、あまり話をしない桜子に話し掛けて笑わせているのだろう、さっきの無表情だった桜子の顔が可笑しさを隠すような笑顔になって話をしていた。富裕子は宮里を独占《どくせん》するように話をして、宮里が京子に話し掛けるのを阻止するように、宮里の方に椅子を向けて時々京子の顔をチラッと見て、

「ねえ、ねえ、宮里さん、携帯のアドレス交換して下さるぅ」

と自分のスマホをバッグから出して宮里におねだりするように言った。二人でスマホを出して、

「ああ、入ったわ、これで何時でも宮里さんのお声が聞けるぅ、嬉しいわあ、私暇だから、何時でも電話やメールを下さいねぇ」

太一は、京子が一人でいるのに気付いたのか話し掛けてきた。

「美由貴が言うには佐々木さんは出雲出身だそうですね。僕達今年の春、出雲大社にお参りしてきたんですよ、まあ、お礼参りですがね」

京子は一人、竜一郎の事を思い出している時に急に出雲の話をされて、ビクッとした。

「ええ、出雲といっても奥出雲といわれる雲南市なんですよ。出雲空港から一時間程山の方に入った所ですの」

「そうですか。でも古代の歴史があって良い所ですね。出雲そば食べてきましたよ。こちらのざるそばとは違って一つ一つ朱塗りの三段の皿のような器に入っていて出汁を掛けて食べるんですね」

「そうなんです。大根おろしや刻み葱とかを上にのせて汁を掛けて頂きますの。以前五反田に住んでいる叔母の所に出雲から父が来た時に、うっかり叔母がざるそばを頼んで、ざるそばを前に置かれたので急に、父が汁を上から掛けてしまって、テーブルがびしょびしょになってしまったと言ってましたわ。叔母も折角遊びに来た義兄に説明しなかったからって悔やんでましたの、でも可笑しいでしょ」

京子は叔母から聞いた話を思い出して太一に話した。

「やあ〜、それはお父様は悪くないですよ、だって出雲そばは汁を掛けるんだから、でも叔母様も驚いたでしょうね、ハハハ。でもこの狭い日本でも地方には色々なそばがありますね。岩手に仕事で行った時に同僚とわんこ蕎麦の店に入りましたが、あれも大変でしたわ。一口ずつ入れてくれる椀の蓋をしないと次から次へと椀の中に蕎麦を入れられるんですから、あれはタイミングで蓋をしないと、うろたえましたよ、ハハハ」

磊落に笑う太一を見て、さっきの宮里の絡み付くような目を忘れる事が出来た。太一の隣の桜子もこちらを向いて話を聞いていて、一緒に笑っているのを見て京子はホッとした。

どのくらい時間が経ったのか最後の料理が出され、皆適当にアルコールが入って打ち解けて、お開きになった。

会費を皆が事前に美由貴に渡した際に、美由貴が、

「アルコール分は夫が払うそうだから」

と言っていたので、帰りは美由貴がレジで払っているのを見ながら店の外に出た。

来た時の中年の中国人らしい女性が、

「またお待ちしています」

と笑顔で見送ってくれた。

エレベーターの前でガヤガヤと話をしていると宮里が京子の側に来て、

「今度またお食事などいかがですか、富裕子さんに連絡しておきますけど」

と言った。その場の雰囲気で断る事も出来ず、

「ええ、またお会いしましょう」

と社交辞令的に軽く会釈をした。

京子は桜子と一緒に坂本夫婦に近寄って、

「今夜はとても楽しかったですわ、それにご馳走になりましてありがとうございました。では私達は赤坂見附から帰りますので、失礼いたします」

桜子もほんのりと赤い顔をして、

「皆様、ご機嫌よう」

と頭を下げた。

宮里と話をしていた富裕子に声を掛けると、

「私、少し飲んだからタクシーで帰るわ、じゃあまたね」

とそれぞれの道へと帰っていった。桜子が、

「来週末でも良いから、相談があるのよ、話を聞いてくれない？」

と深刻な顔で京子を見た。


九月に入ってもまだ暑い日が続いたが、さすがに夜になると少し涼しい風が吹くようになってきた中頃、京子は、また品川の駅の中にある喫茶店で桜子と会った。桜子は待ち合わせ時間

より早めに来ていたのか、何時ものように飾り気のない服装で頬杖を付いて窓の外を行き交う人々をボーっと見ていて、京子が前に立ったのを見て、びっくりしたような顔をした。

「ごめんなさい、呼び出しておいて、一寸考え事をしていたので貴女の来たのに気が付かなかったの」

と居住まいを正した。

「どうしたの、心配事でもあるの？　私で良かったら何でも話して、答えられるかどうか分からないけど」

と言いながら京子は桜子の前の席に座り、ショルダーバッグを横に置いた。ウエイトレスにアイスコーヒーを頼んで、

「この間はご苦労様でした。色々な方とお会いして、それはそれで楽しかったわね」

と運ばれてきた水を飲みながら桜子の様子を見た。

「浮かない顔して悩み事？」

「そうなの、私に許嫁がいること知っているわよね、その人の事でなの」

桜子は頬杖を付いていた手をテーブルの上に組み直して、少し俯き加減になった。

「父から、そろそろ結婚したらどうだって言われているのよ。彼は私より一歳上で……以前話したかしら、座間登さんていうのよ。父と登さんのお父様が大学の友人で、家族同士のお付き

合いをしているんだけど、私が生まれた時に座間様のお父様が私を将来、登の嫁にくれって言われて両親も賛成して決まったそうなのよ。今時ちょっと理不尽な話でしょ」

確かに許嫁なんて珍しいと思ったが、きっとそのご両親が登さんを可愛くて、桜子が生まれた時、郡司家と座間家が親戚になれたらと望んだのかもしれないと思った。子供の自由など考えなかったかもしれないと思いながら、

「ねえ、貴女、その登さんを嫌いなの？　座間家とはもう何十年ものお付き合いなんだから、少しは性格くらい分かっているでしょ」

桜子は少し困惑した様子で、

「別にそんなに嫌ではないけど、マザコンなのよ。お母様も今でも登、登って世話を焼くし、偶然二人になった時もお母様の事ばかりで何時も、母がって言うのを聞くと何だか私、結婚しても登さんとお母様の間には入れないような気がするのよ」

「そうなの、困るわね、確か登さん一人っ子じゃなくて？　だとしたらお母様、今でも子供だった登さんを忘れたくないいんじゃないの。私の姉にも男の子と女の子がいるけど、姉は男の子をとても可愛がるのよ。上の女の子は姉に逆らってばかりいるけど弟は甘えん坊でね、姉から離れないのよ、まだ幼稚園だけど。私にはまだ分からないけど、結婚に踏み切れない訳をお母様に話してみたら？　そうそう、以前ドラマで観たんだけれど、お母様がお嫁さんをそっち

のけで息子さんの世話をするから、誰の入れ知恵だったか忘れたけれど、お嫁さんがお父様の世話を焼いたら、そのお母様がびっくりして、お父様の世話をするようになって息子の世話はお嫁さんに任せるようになったって話だったわ。そんなに巧くいくかどうか分からないけど、やっぱり桜子のお母様に相談してみたら？　お母様からお父様に話してもらって、お父様も貴女の悩みが分かれば何とかして下さるわよ。だってお父様は座間さん一家と親戚になりたいんでしょ、それと娘を不幸にしたくないしね、良い知恵を出して下さるわよ、きっと」

桜子はまだ不安そうな顔をしてコーヒーを飲み、京子の顔を見ようとしなかった。

「そうね、登さんの嫌な所はそこだけなの？　まだあるの？　他にもあるならご両親に打ち明けて許嫁を解消してもらったらいいと思うけど、まあ私にはそのくらいの事しか言えないし、お役に立てないでごめんなさい」

桜子が、やっと京子を見て話し出した。

「登さん、きっと優しいと思うのよ、子供の頃から私に気を遣ってくれて、まるでお兄様のようにね、でも社会人になってから二人きりで映画を観に行ったの二回しかないのよ」

「じゃあ、お母様にさっきのマザコンの話をして、その間結婚の話は待ってもらって、桜子から積極的に誘ってみたら？　美術館とか演劇とか行って、本当に登さんが貴女を愛してくれているかを見てみたらどうかしら。今まであまりに近すぎて互いに分からなかったのかもしれないわよ。登さんの方にも恋愛感情が乏しかったかもしれないわよ。それが良いと思うわ。応援しているから、私がお役に立つなら言ってね。でもやっぱり二人で会う事を重ねてみるのがお互いのためだと思うわよ、だって分からないまま結婚して、もし離婚でもしたら、それこそお父様達の仲も壊れるしね。この間赤坂の中華料理屋で会った時のように少し女性らしくしてデートしたら、登さん、桜子を女性として見てくれるかもよ」

京子は笑いながら言った。桜子も少し明るい笑顔になって、

「私、ちょっと苦手だけどそうしてみるわ。私達小さい時から知っているから兄妹みたいに思っていたのかもしれないわね。少し気が晴れてきたわ。母に話をしてみるわね、相談にのってくれてありがとう。あら雨が降ってきてるのかしら、濡れた傘を持っている人が歩いているわ」

桜子は真剣に話をしていたので通路を歩いている人が傘を持っているのに気付かず驚いたようだった。

「私は傘を持って来てるけど、桜子は？」

桜子がバッグから折り畳み傘を見せた。

「もうすぐに十月になるわ、じゃあ季節も良いから頑張ってね、またメール待ってるわね」

桜子と別れて地下鉄の泉岳寺に降りた時はもう雨は止んでいた。秋雨だったんだわと思いな

がら少し濡れた道を急いで歩きながら、桜子にあんなアドバイスで良かったのかしら、でも物心付いた頃から兄妹のように接してきたら好きと恋心とは別なのかもしれない。私は岡山の叔母と一緒に花展に行って竜一郎さんを見た瞬間に恋に落ちたのかもしれない、そして花展を見て歩いている間、誰かの視線を感じていたのは竜一郎さんも……。パリで会った時、その恋が花を咲かせたように、何の躊躇《まよ》いもなく一夜を共にしたことに今も悔いは残っていない。私は一生に一度の恋を成就出来たのだから。でも未練なのかしら、まだ、竜一郎さんの面影が私の心に深く残っているから、この間坂本さんが計画してくれた会でも私には竜一郎さんしかいないから誰にも興味をもてなかったもの。桜子が兄のように慕っている登さんを一人の男性として意識するようになるのは、やっぱり二人だけの時間を作って兄妹から恋人になるしかないような気がする。あのアドバイスしか私には考えられないし、お母様に相談すれば元々両家の仲が良いのだから、もっと良い策を考えて下さるかもしれないし、などと考えている間にマンションに着いた。

部屋に入ると、雨模様だったので洗濯物を窓辺に干して行ったのは正解だったと思いながら、まだ湿っている洗濯物に扇風機を向けた。

十一月に入って富裕子から電話があった。

「暫くね、元気にしている？　会社の用で、またインドネシアに兄や会社の人と買い付けに行っていたから連絡出来なかったのよ。昨日宮里さんが電話をしてきたのだけど、ほら歯科医の澤田さん、え〜と、澤田優司さんと貴女と四人で食事がしたいそうよ。十二月の第一日曜日が澤田さんの都合が良いらしいけど、どうかしら？　宮里さんが言うには澤田さん、京子と付き合いたいらしいそうよ、でも京子は出雲の家を継ぐ人だから婿取りなのよって言ったら、そうなんだ、ですって。まあ貴女はその美貌だからね、婿でも何でもなるって言うかもしれないけど、もう一度会わない？　私も付き合うわよ」

京子は別に誰にも興味は無かったが、宮里とあんなにべったり寄り添っていた富裕子を思い出すと、私を口実に、本音は宮里に会いたいのかと勘ぐってもみた。

「十二月の第一日曜日、え〜と、以前習っていた先生のお茶会が鎌倉であって、まだお稽古に行っている友達に誘われているのよ。食事会、夕方よね。だったらお茶会は昼間だからそのまま行けるわ。私来年は出雲に帰るようにと祖母の環さんや五反田の叔母から言われているから、その方ともお茶会は今年が最後でもう行けなくなるしね。また連絡下さる？　時間に間に合うかどうか、お茶会鎌倉だからちょっと遠いしね」

お茶会に誘われているのは本当だけど、何だかすんなりと富裕子の言い成りになるのも嫌だし、別に会いたい人達でも無かったけれど、富裕子の顔を立ててあげなければとそんな気持ちの返事だった。

十二月になってから好天が続き、道行きだけでも寒さを感じない日だった。京子は東京に来てお茶を習い始めた頃に母が作ってくれたクリーム色に菊が乱れ咲いた柄の訪問着に、黒地に色とりどりの笹の葉が織られた袋帯を締め、母が着ていた薄いエンジ色の道行きを羽織り、銀の綴れ織りの数寄屋バッグを持って北鎌倉の駅に降りた。線路を渡り改札口を出た。歩道のない道を少し歩き、駆け込み寺として有名な「東慶寺」の山門へと上る階段を右手で前裾をつまんで上がっていって、やっと山門にたどり着いた。山に囲まれた鎌倉の紅葉《こうよう》が晴れた空に眩しいほど美しい。途中、石の敷かれた参道をお席へと行く数人の人達と出会った。お互いに知らない人同士ながら茶道という同じ道を学ぶ人達なのだろうと軽く会釈をして通り過ぎた。

銀行に勤めてから茶道のお稽古場に行けなくなったが、五反田の叔母が祖母環に、出雲では日常的にお抹茶を頂く習慣があるから東京に出ても絶対に習わすようにと言われていたので、京子は七年程は芝の増上寺の近くのお稽古場に通っていた。大学の学業に身を入れていたので茶道の方は習うというだけで深く勉強をしなかったので通り一遍のお作法しか覚えなかった。その為に、一人暮らしをするようになってからは五反田の叔母に着付けをしてもらえなくなったので、着付教室に通い一人で着物を着る事も出来るようになった。一応お茶会で恥をかかない程度の知識だったが、語学を学ぶ上で外国の人達との付き合いには日本文化として時々話が出来るので、年に数回は同じ稽古場で習っていた友人の誘いで出掛けるのも楽しい事だった。何時もならお茶会が終わるのを待って、帰りに数人で喫茶店で話をするのが楽しみだったが、今日は五時に銀座の「銀パリセブン」というフランス料理店まで行かなければならない。

山門に近い「寒雲亭」が先生のお席なので、京子は水屋の方から入った。顔見知りの年上の先輩達に挨拶をして、お席が終わって水屋に帰って来た山本先生にご挨拶をした。

「まあ佐々木さん、よく来たわね。次は佐藤さんのお点前だからお席にお入りなさいな」

と促されて、水屋の方からお席に入れて頂いた。佐藤友子のお点前が終わってから、

「お荷物をここに置いてお席廻りをしたら」

と年輩の有木さんに言われて、廊下の隅に風呂敷に包んだコートを置いて、

「では、すみません、行ってまいります」

軽く挨拶をして外に出た。表には席に入る人の列が出来ていて、二席を廻るのに少し時間が掛かったが、やはり外国の寺院等とは趣の違うしっとりとした苔むした石や、紅葉した木の枝が池に枝垂《しだ》れているのを見ながら、心が洗われるようなこの清々しい庭が外国の人達を魅了するのが分かるような気がした。

苔むした石立つ池に、紅葉して枝垂れる枝を見ながら、ふと竜一郎のことを思い出した。

こんな素晴らしい庭を二人で歩けたら楽しいのに、と一人でいるのが淋しくなってきた。

お席廻りが終わると「寒雲亭」の水屋に戻り、山本先生がお席から水屋に戻られるのを待った。

「今日はもうお帰りなの？」

有木さんに聞かれた。

「ええ、これから人に会いますので、皆様と一緒に帰れなくてとても残念ですわ」

と話しているところに先生が水屋に戻られたので帰る挨拶をした。

「あら、もうお帰りなの、先程はお水屋に気を遣って下さってありがとうございました。お時間のある時には遊びにいらっしゃいよ、これ気持ちだけど」

と紙袋を出された。

「ありがとうございます。皆様にお会い出来て嬉しかったですわ。いよいよ来年は出雲に帰りますので、また帰る前には先生にご挨拶に伺いたいと思っております」

水屋の先輩達にも挨拶をして「寒雲亭」を出た時には、もうお席を待っている列は無く、帰る人達が山門を降りて行った。

京子が新橋に着いた時には四時半頃になっていて、初冬の暮れるのは早く、もうネオンが点き始めていた。富裕子にラインで新橋に着いた事を知らせていたが、例のごとく富裕子からは返事が無かった。

新橋駅から高架の線路に沿った道を歩いて銀座七丁目にある「銀パリセブン」まで歩き、ビルの中に入りエレベーターでお店に着いた。以前近くに「銀巴里」があったが、閉店してから名を惜しんで近くのビルの中に出来たフランス料理店だと聞いていた。ドアボーイが戸を開けてくれた。店内は広く客席は少ないのか、真ん中にグランドピアノが置いてあった。通されるまま奥に行くと、もうすでに富裕子達が集まっていた、京子を見て、

「わあ貴女、今日は和服なの。そうよね、鎌倉のお茶会に行くって言ってたものね、綺麗よ」

宮里も例の太い声で、

「京子さんは洋服も良いけど、和服はとても素敵ですね、眩いほどだ」

とまるで舐めまわすように見とれていた。

「遅くなりまして申し訳ございませんでした」

ボーイが椅子を引いてくれたので腰掛けようとした時に、歯科医の澤田が、

「今日は僕まで呼んで頂き恐縮です。赤坂ではあまりお話も出来なかったので……僕は千葉の柏に住んでいて、こんな華やかなレストランは初めてで、宜しくお願いします」

と赤坂では席が離れていたのであまり話もしなかったが、真面目そうな人だった。

富裕子が「澤田さんが京子と付き合いたいそうよ」と言っていたのはやはり嘘だと思ったが、京子はさりげなく微笑《ほほえ》んで、

「私こそ宜しくお願い致します。柏にお住まいですか？」

と京子が尋ねたのを遮るように富裕子は、

「ボーイさん、全員揃いましたので」

とボーイを促し、言った。

「今日はちょっと良い事があってね」

前菜が運ばれ、富裕子のワイングラスに赤ワインが注がれた。富裕子は香りを嗅いでグラスに口を付けて、ボーイに言った。

「皆様にも差し上げて」

それぞれのグラスにワインが注がれた。

「私達の未来の幸福を祈って！」

とグラスを上げた。京子もどんな良いことがあったのか分からないままに乾杯をして、ワインに口を付けた。

「玉木さんは何時もこのような所で食事するんですか、僕には考えられないです」

と澤田が真面目な顔で聞いた。

「いえ、何時もということも無いんですけど。貿易商などしていますと外国のお客様をおもてなしする時とか、たまに商談などで接待する時に社長の父とか専務に付いて来るくらいですわ」

と真っ赤な口紅を付けた口に前菜を運びながら、ちらっと宮里を見た。

「富裕子さん、今日も素敵なお洋服ね」

紫のシルクのドレスは豊満な胸が見える程開けてある襟廻りに細いグレーのミンクをあしらっており、富裕子の太った体にはぴったりだった。そして先日の桜子に負けないほどの二キャラットもあるようなダイヤの周りに小さなダイヤがハート形にはめ込まれたペンダントが豊かな胸元に踊っていた。

六時頃になって中央のピアノがシャンソンを奏で始め、店の雰囲気ががらりと変わった。主菜にアワビや肉料理が出て食事が終わり、コーヒーと小さなケーキが運ばれてきた。

澤田は慣れないせいかあまり話もせずに、聞き役に徹するように宮里の話にも富裕子の話にも感心したり、頷いたりしていた。京子も別に会いたい人達でもなかったので、澤田と同じようにシャンソンの歌の間も途切れなく話をしている富裕子に頷いたり、笑ったりとコーヒーを飲んでいた。富裕子が急に、

「そうだわ、私、車で来たのよ。ボーイさん、すみませんが車の代行をお願いしたいのよ、白

金台だから近いけどね。京子も乗って行く？」

「ありがとう、でも私は地下鉄で帰るわ」

「そう、じゃあ柏はちょっと遠いから宮里さん、虎ノ門のマンションでしょ、帰り道だから送りますわよ」

とさり気なく宮里の手を取った。

「やあ、僕も近いから歩いて帰りますよ。すみません、京子さん駅まで一緒に帰りませんか。そう、澤田君も新橋から帰るんだよな、じゃあ三人で駅まで行こう」

「まあそうなの、私一人代行さんと帰るのね」

と膨れた顔の富裕子を無視して、宮里は言った。

「やあ、今日は本当にご馳走様になりました。富裕子さんの話は楽しいですね、今度は僕がお礼に食事に誘わなきゃ」

富裕子は渋々カードで支払いをして、フロントでドレスと同色のケープを羽織ってエレベーターで降りて来た。

銀座のネオンが一段と明るさをましている外に出て来た京子は、

「今日はすっかりご馳走になっちゃって、ありがとう。私、初めて銀座でお食事なんかしたのよ、とても美味しかったわ。まあ車は代行さんだからちゃんと送って下さるでしょうから安心だけど、また連絡するわね」

と会釈をした。澤田も、

「僕まで呼んでもらってありがとうございました。これで失礼します」

と宮里と連れだって新橋駅の方へと歩き出した。

「じゃあ、またね」

京子が後を追うように三人で歩いて行った。


富裕子は代行で家に送ってもらい、部屋に入るとソファにドタンと座った。

「何よ、今日は私が奢ったのよ、なのに私だけ一人で帰ってさ、宮里さん、京子の着物姿に見とれて、私、一生懸命話をして場が白けないようにしていたのに、損しちゃったわ、あー、腹が立つ」

と叫んで、冷蔵庫から水を出して大きなグラスになみなみと注いで一気に飲んだ。無造作に着ていた物をソファに脱ぎ捨て、付け睫毛を取って丹念に化粧を落とし循環式のお風呂に入った。

「そうだわ、今日カードで払ったの領収書貰ってあるから、会社の経費で落としてもらおうかしらね、明日お兄さんに頼みに行って来ようっと」

急に元気になった富裕子は白くぽちゃっとした体を香料入りの泡のソープで洗った。

翌朝九時に目は覚めたが二日酔いなのか頭がスッキリしないので、富裕子はベッドに寝たままテレビを見ていると、急に電話が鳴ったので止むなく電話に出た。

「富裕子か、剛だよ、親父がまた倒れて、救急車で今病院だ」

「え……パパが、何で……どうして」

富裕子も急な事で言葉が出なかった。

「うん、前に先生が今度倒れたら駄目かもしれないって言ってたろう。何時頃に具合が悪くなったか分からないんだ。朝二階から降りて来ないから尚子が朝御飯に呼びに行ったら様子がおかしいって慌てて降りて来て、美佐代も親父の寝室に行ったらもう意識が無くて、前の病院に救急車で来てるんだ。今美佐代がみどりに電話してる。山下はもう会社だから、これから電話するよ、直ぐに来いよ、まだ病室は決まって無いからな」

とガシャンと電話が切れた。

まさかまさか、パパ、だってパパ元気になったじゃないの。富裕子は受話器を持ったまま呆然と立ちすくんだ。喜代子はどうしたんだろう、何してたの。急に頭がはっきりしてきて急いで椅子に脱ぎ捨ててあった黒のガウチョパンツにエンジのセーターを着て、スッピンのままショルダーバッグを抱えて車に飛び乗った。

高速道路を制限速度いっぱいに車を走らせた。

「パパ、死なないで、パパ」

心の中で叫びながら石川町にある病院に着いた。車を駐車場に乗り捨てるように置いて、太った身体で精一杯走って病院に入った。入り口の受付の近くに尚子が立っていた。

「尚子ちゃん、パパの病室に連れて行って」

と息をはずませて言った。

尚子は目を腫らして先に立って廊下を歩いて行って、部屋に入った。富裕子はそこが病室では無い事が咄嗟に分かった。

寝ている理の顔を見た。

「パパ、ねパパ、何で目を開けないの、パパ」

理の体を揺さぶった。兄の剛が富裕子の体を押さえて、

「見つけるのが遅かったのと、先生がおっしゃるには何カ所も血管が切れてるから、たとえ発見が早くても助からなかったということなんだよ、残念だけどな」

と震えている富裕子を抱き締めた。

「誰か一緒に寝てあげれば助かったかもしれないじゃないの。喜代子はどこにいたのよ、何時もパパの側にいたのにさ」

富裕子は大きな目に涙をいっぱいにして詰《なじ》った。

尚子が小さな声で、

「昨夜《ゆうべ》は社長と喜代子さん、二人で楽しそうにお酒をお飲みになっていたので、私が喜代子さんのアパートに電話しました」

「え〜え、喜代子がパパにお酒を飲ましたの、お医者様にお酒を飲んでは駄目って言われてたのに、喜代子、喜代子、どこにいるのよ、パパを殺したの喜代子じゃない」

大きな声で怒鳴った。剛が富裕子の口を塞いで、

「病院だぞ、そんな大声を出すんじゃないよ。尚子も余計なことを言うんじゃない。喜代さんは『旦那様が少しお酒を飲みたいって言ったのでお止めしたけど、少しだけって言われて日本酒をぐい呑みで二、三杯召し上がった』と言ってたよ、酒盛りした訳じゃない、喜代子のせいにするんじゃないよ。この前は喜代子が親父を助けたじゃないか、冷静になれ」

富裕子は大きな目からボトボトと涙を流しながら兄にしがみ付いた。隅にいた喜代子が恐る恐る富裕子の前に出て来て、

「すみませんでした。何と言われてもお酒なんかお出ししなければよかったんです。あまりおっしゃるのでつい、すみません、とても美味しかったと喜ばれていらっしゃいましたので、まさかこんな事になるとは……」

喜代子は富裕子の前に土下座をして謝ったが、富裕子は顔を背《そむ》けて父の側へと寄った。

京子は「銀パリセブン」の次の日の夜に、富裕子から訃報を聞いた。電話口で泣きじゃくりながら、

「パパが今朝、死んだのよ、脳出血だって、喜代子がお酒を飲ましたのよ」

京子は何と言って慰めて良いか言葉に詰まった。

「この間インドネシアに買い付けに行った帰り、五時に会社で会った時は元気だったのよ。私、ママも早く死んだし、パパまで……」

電話の向こうで涙声で話すのを聞いて、何時も思うがままに生きていた富裕子が可哀想になった。

「そうだったの。お父様そんなにお歳じゃなかったし、この間は良くなったから、まさかこんなに早く亡くなるなんて。富裕子、しっかりしてね、悲しむとお父様も悲しむから。何時お葬式なの、私も桜子達もお参りさせてもらうわ。泣けるだけ泣けばいいわ、お父様何時も貴女の側にいてくれると思うからね」

京子も何と言ってやったら良いか、自分でも分からない事を言ってしまった。

「うん、日時が決まったらまた電話するわ、じゃあ……」

電話は切れた。いつも賑やかで贅沢で苦労知らずな富裕子と思っていたが、考えてみると、生まれた時から母親が病気で寝たきりだったから母親に抱かれた記憶も無ければ一緒に買い物にも行った事が無かったろうしと、初めて富裕子の淋しさに気が付いた。きっと父親だけを頼りにしてきたのに、こんなに早く別れが来るなんて。それに引き替え自分は家族に見守られ愛されているという事を、京子は改めて幸せなんだと気が付いた。

四日後に関内駅の近くにある「関内セレモニア」の一番大きなホールで葬儀が行われた。

京子は桜子と坂本美由貴にも電話した。坂本美由貴はすぐに参列すると言って待ち合わせ場所を決めたが、桜子は何故か行くのを渋った。

「私、そんなに玉木さんとのお付き合い無いから、どうしたら良いかしら」

と言うのを京子は、

「私の祖母がお祝い事は皆が集まるから良いけど、不幸があった時は直ぐに駆けつけて慰めるものですよ、って言ってたわ、桜子の気持ち一つだけど一緒にお参りしないこと」

とは言ったものの富裕子と桜子の性格はまったく違うから、桜子があまり付き合いたく無いのだと気が付き、

「あまり気が進まないなら聞かなかったことにして。大丈夫よ、あまり付き合いが無いのに電話なんかしちゃってごめんなさいね。また何時か富裕子に会った時、後から聞いたと言ってお

けばいいから、じゃあね」

桜子が何かぼそぼそ言っていたが、軽く言って電話を切った。

「私もお節介ね」

と京子は苦笑いした。


富裕子の曾祖父茂三郎《しげさぶろう》は戦時中に群馬県に大きな生糸を生産する工場を造り、ラッカサンに使う絹織物等で軍との繋がりがあったので、終戦後の混乱の中で軍の食料品や織物等を払い下げてもらい、莫大な財を成した。長男の勝《すぐる》が戦地から帰って来たのを機に貿易会社としては大きくないが横浜に会社を造り、富裕子の父理は三代目になる。終戦後は焼け野原になり、庶民は少ない配給制度の中、今日食べることに精一杯で、「竹の子生活」などといわれ、持っている物を売って闇米を買ったり焼け跡に生えた雑草を食べたりして生き延びていた時代だった。茂三郎は空襲で焼け野原になった東京や横浜の土地を買い漁り、富裕子の住んでいる白金台の土地も大きなお屋敷の焼け跡を安価で買ったものだった。父と貿易会社を始めた勝も三十歳を過ぎた働き盛りだったので土地を整備しアパートを建てて不動産を残した。

そんな家庭に育った理は道楽者だったが、三代目の社長として会社を守ってきたので交際も広く、通夜というのに日本だけでなくベトナム、台湾等の外国人も大勢参列されて大きな葬場も人が溢れていた。

関内駅の石川町寄りの改札口で美由貴と待ち合わせて、「関内セレモニア」に着いた。ホールの外にまで並んでいる参列者を葬儀社の人達が整理していた。二人で並んで一般受付で記帳して香典を出し、五列になっている焼香台の前に立った。家族の一番前に泣き腫らした目をした富裕子が座っていた。二人の姿を見てまた涙が出たのか、ハンカチで涙を拭きながらお辞儀をした。少し遠かったが白い菊に囲まれた遺影を見た。太ってがっしりした人で目や口が富裕子とそっくりなのに京子は目を見張った。

焼香をした後に一歩下がってご親類の方々にお辞儀をして、その場を後にした。

葬儀社の女性達が四、五人で、

「精進落としをしてくださいませ」

と焼香の終わった人達を別室に通していて、京子達も空いた席に着かせてくれた。

立食のテーブルに着いて、

「玉木さん痩せたわね」

と美由貴がビールを飲みながら言った。

「憔悴しきった顔をしてたわね。だって富裕子、パパ、パパってお父さん子だったから、もっともお母さんを早くに亡くしているから」

焼香の終わった人が次から次へと入って来るのを見て、

「やっぱり豪華なお料理だけど、もう出ましょうか」

と残ったビールを飲み干して、京子は美由貴と外に出た。港が近いせいか夜の汐風が冷たく吹いていた。

富裕子は初七日が終わっても白金台には帰らず二階の自分の部屋に引きこもり、一日何度も白い布を被せてあるお骨に線香をあげて、上に飾られた父親の遺影をボーっと見つめていた。一階の食卓には来ようともせず、尚子が心配して部屋に食事を持って行かなければならなかった。もう父親が亡くなって十日も経つのに尚子に促されてお風呂に入り、尚子が体を洗ってやらないと洗う事すらしなかった。

自分の部屋で時々食事を残す日々が続くので、兄の剛と義姉美佐代もどうしたら良いか頭を悩ましていたが、富裕子と仲の良い京子に相談したらどうかということで、剛は京子に電話をしてきた。

「先日は父の為にわざわざお参り下さいまして、ありがとうございました。私、富裕子の兄の玉木剛ですが、佐々木さんの事はパリに行くという時に妹から電話番号を教えてもらっていましたので、突然電話しましてすみません。誠に話しづらいことですが」

と富裕子の現状を話した。

「うつ病ではないかと心配しているのですが、富裕子と仲良くして下さっている佐々木さんに相談したら何か妙案でもあるかと思いまして、大変勝手ですが電話した次第です」

と富裕子の実の兄とは思われない静かな声で話してきた。京子も通夜の時にあまりの憔悴しきった姿に心配はしていたが、まさかうつ病になっているなどとは思いもしなかったので、驚きながら話を聞いていたが、ふと宮里の事を思い出した。色々な男性と遊んできた富裕子があんなに宮里の気を引こうとしていたのだから、失敗するかどうか分からないが宮里に電話をしてもらったらどうかと思いついた。

「そんなに落ちこんでいるんですか。お母様も早くに亡くなられて、私達に何時もパパがパパがと言っていたので、きっとお父様が頼りだったんでしょうね。男性ですけど、富裕子さんのお友達で宮里さんとおっしゃる弁護士をしている方がいらっしゃいましてね。まだお父様が亡くなった事をお知らせしていないので、その方に富裕子さんのお父様が亡くなった事をお知らせして、電話をしてもらいますわ。それと、お父様が亡くなられる前日に、その方ともう一人の男性の方と私と三人が富裕子さんに銀座で食事をご馳走になりましたの。その帰りぎわに宮里さんが、今度は富裕子さんを食事に招待するとおっしゃってましたから、もしそんなことでもあれば気が晴れるかもしれませんわね。私、宮里さんに電話してみます。お兄様もご心配ですわね。宮里さんにお話をした結果をお電話致しますけど、この頂きました電話で宜しいでしょうか」

と尋ねた。

剛は丁寧にお礼を言って電話を切った。

もう十二月も二十日を過ぎ、巷はクリスマスムード一色になりジングルベルの曲が流れていた。

京子は宮里の電話番号を知らないので坂本美由貴に電話をした。

「やだわ。玉木さんそんなナイーブな人だったの、まあ貴女の方が彼女の事知っているからそうなんでしょうね。淋しがり屋さんほど賑やかにするらしいから、急にお父様という支えが無くなってプッツンしたのかしら。彼女、宮里さん好きなの、ふ〜ん、まあ私達も独身男性を一人でも結婚に導けたらと思って赤坂にお集まり願ったんだから。でも私、宮里さんは京子が好きなのかと思ってたのよ。貴女はどうなの、貴女は婿取りだから難しいのかな。兎も角、玉木さんのうつ病治さないとね、ちょっと待って」

と言って、宮里の携帯電話の番号を教えてくれた。

確かに宮里のなめるような眼差しは竜一郎を愛している京子には心が凍るほど嫌だった。竜一郎の事は忘れなければと思いながらも、思えば思う程想いが募るばかりだった。

京子は早速、富裕子の携帯に電話したが、何度鳴らしても電話に出ないので、暫く時間をおいて、また電話をした。十五分程かけ続けると、やっと富裕子の嗄《しゃが》れた声がした。

「京子だったの。電話に出るのが嫌で、クッションの下に置いてるのよ。この間はパパのお通夜に来てくれてありがとう。私、もう駄目よ、体が動かないのよ、カーテン引いて、椅子に座っているのが一番楽だしね」

途中から泣き声になって、

「パパいないのよ、もうどこにも。一番愛してくれたパパが、喜代子に殺されたのよ。私が側にいてやれば良かったのに」

電話口で泣き出した。

「本当に急な事だったものね、富裕子が一番大切にしていたお父さんだもの悲しいわよね。貴女の気持ち、私にも分かるわ。でもね、お父さん、貴女を一番心配して旅立たれたと思うのよ。そんなにお部屋に籠もっていたら、お父さん心配で天国に行けないわよ。ごめんなさい、分かったような事言って。今日、坂本美由貴さんが宮里さんに貴女のお父さんが亡くなったことを電話したらしいのよ、そしたら心配して電話するって言っていたそうよ。また誰かから電話が掛かるといけないから電話には出てね。じゃあ寒くなってきたから風邪引かないようにね。御飯食べてね」

と電話を切ってから、本当に宮里が電話をしてあげてくれるかと心配になったが、多分打ち合わせ通りにいってくれるだろうと信じることにした。

翌日、出勤しようとした早朝に富裕子から電話があった。

「おはよう、昨日は心配掛けちゃってごめんなさい。夕べ宮里さんから電話があったのよ。パパが死んだの知らなくてすみませんって謝ってくれてね。『銀パリセブン』のお返しに、私と京子をディナーに誘いたいって言ってきたのよ。京子に何か電話があった？　今度の金曜日はどうだって言ってたけど、都合はどうかしら。新橋の虎ノ門の近くの彼が行きつけのお店って言ってたけど、私は大丈夫よ。貴女が言っていたように何時までも泣いてたらパパ天国に行けないものね」

宮里が打ち合わせ通りに電話をしてくれたのだと安心しながら、

「ええ、勤めが終わったら大丈夫よ。待ち合わせ場所と時間が決まったら、また連絡くれる？待っているわ、もう町はクリスマス一色よ」

「分かったわ。宮里さんと相談して、また電話するわね」

弾んだ声で電話が切れた。あまりの変わりように驚くとともに、これで良かったのかと自分のした事に先々どうなるのかとちょっと恐怖のようなものを覚えた。

夕方マンションに帰って食事をしている時に電話が鳴った。

「先日はありがとうございました。今朝、富裕子と尚子を連れて白金台に帰りました。うつ病も治ったようで、きっと佐々木さんのお陰と思います。兄妹とはいえ年が十歳も離れていますし父が甘やかして育ってきましたので、あまり話し合った事も無く、助かりました。これからも富裕子を宜しくお願い致します。これで失礼致します」

玉木剛からのお礼の電話だった。良かった。白金台に戻って宮里と会えば、また元の富裕子に戻れるだろう……と一安心した。


クリスマスイブが近いのでどこのレストランも予約でいっぱいだったと富裕子からの電話で、

「ちょうど今度の木曜日、ちょっと遅いけど新橋のレストランの予約が取れたそうよ。七時ですって、良いかしら。私は何時でも構わないし、京子も勤めが終わったらって言ってたからOKしちゃったわよ。新橋の烏森に出て、ちょっと分かりづらいから真っすぐ歩いて日比谷通りの角で待っているって言ってたわ。多分宮里さんの事務所の近くなのかもね。私、そんな烏森なんて行った事ないから駅の前で待っているわね、ラインすれば会えるしね。六時半に行っているから、彼『銀パリセブン』みたいな豪華な所とは違って普通のレストランですまないですけどって謝っていたけど、だから分かり難いのかもしれないわよ、じゃあ六時半に烏森改札でね」

もう以前の富裕子に戻って、浮き浮きとした顔が目に浮かぶようだった。

「分かったわ、じゃあ六時半ね、駅に着いたらラインするわ」

ホッとして電話を切って、坂本美由貴にはあれから連絡してなかったことを思い出して電話で今日までのいきさつを話した。

「そう、良かったじゃあない。貴女の勘がずばり当たったわね。恋は恐ろしいこと。私も報告、赤ちゃん出来たのよ、予定日は七月、フフフ、彼凄く喜んでるのよ。三十にならないうちに二人産めれば良いと計画していたのよ。早く産めば私も今の職場に戻れるからね。東京の郊外でもマンションのローンも大変なのよ。貴女もキューピッドしてないで早く結婚しなさいよ」

美由貴も浮き浮きとした声で話をした。

京子は電話の切れたスマホを弄びながら、何だか淋しい思いが襲ってきた。結婚出来ない竜一郎への想いを心の奥に仕舞ったつもりだったのに、忘れられない自分が不甲斐なかった。

木曜日はやたらと寒い日だった。京子は勤めが終わってから六時半まで少し時間があるので、ホテルの中にあるブランドのお店を覗いて歩いた。前から、今着ているコートに合いそうなストールが欲しかったのだ。買う気が無い時には素敵な色のストールを見かけるのに、いざ買うつもりで見るとなかなか気に入る色が無く、店内を見ていると店員が声を掛けてきた。

「どんなお色がお望みですか」

と笑顔で近寄って来たので、思い切って相談した。

「今お召しのコートでしたらこちらのピンクに色々と優しい造形的な花柄の付いているものはいかがでしょうか、まだそれほど寒くはないので、これはジョーゼットですが少し幅がありますので、襟元にボリュームも出来ますし、お客様はお肌が白くていらっしゃいますから、少し薄色がお似合いと思いますけど、当ててご覧になりますか？」

店員は鏡の前に京子を連れて行った。

「こちらは同じで少し色違いですけど」

と言って両肩に二枚のストールを掛けてくれた。値段を見て思ったより高かったが、店員が最初にすすめたピンク地がライトグレーのコートに似合ったので、そのストールを買った。少し寒かったので店員がストールをサラリと首元に巻いてくれた。

「お似合いですよ」

とにっこりと笑っている顔に、心の中にすきま風が吹いているような淋しさがふと消えた。店員に空の袋を渡されて時計を見ると、もう六時を少し廻っていたので急いで新橋の烏森口の改札に向かった。

駅の改札まで行くとライン等することもなく、真っ赤なコートに黒の帽子を被り、少し大きめな黒のエルメスのバッグを持った富裕子が目に飛び込んできた。地味な服装の勤め帰りの人達が歩いている中で、太った体に赤のコートを着た富裕子は一際目立ち、慣れない場所のせいかキョロキョロしていた。

「お待たせしたわね。ごめんなさい、早く来てたの？」

と横から声を掛けると、緊張していたのか、富裕子はびっくりして一歩後ずさりした。

「ああ驚いたわ。ラインするって言ってたから、ほら、スマホ持って待っていたのよ」

大きな目で京子を詰めるように睨み、スマホの時計を見た。

「まだ時間あるわね。烏森出口なんていうから新橋にそんな森があるのかと思って、タクシーのドライバーに聞いたら大笑いされてここに降ろされたのよ。このビルよくテレビで見るし、ただの新橋じゃあないの」

と不満そうな話を聞いていて京子も可笑しくなって、

「そう言えばそうね。でもこのビルの後ろの方に『烏森神社』っていう小さなお宮様があるのよ、昔は森だったんじゃないの」

二人で歩きながら烏森神社の前に来た。

「ここなの、へえ～知らなかったわ。周りは飲食店だし、急いで歩いたら分からないわね」

富裕子はあきれたような顔で通り過ぎたが、京子は立ち止まって一礼した。富裕子は後ろを見て、

「貴女って信心深いのね。やっぱり出雲の出だからかしら」

と言ってさっさと前を歩いた。京子は子供の頃から知らない神社でもかならずお辞儀をする習慣を環に教育されていたので、これが普通だと思っていた。

「まだ日比谷通りに出ないの？」

と歩き慣れないのか、富裕子は弱音をはいた。日比谷通りに出て広い通りを渡った所に宮里は立っていた。

「まあ、お待たせしましたわ、宮里さんお電話を頂きましてありがとうございました。お誘い下さったので京子と楽しみに参りましたのよ。ほんとうに嬉しいわ……ね」

後ろにいる京子を振り返って言った。

「こんな暮れに、お忙しかったのじゃあないですか、でも嬉しくて来ちゃいましたわ」

富裕子の喜びを全身で表しながらの挨拶を聞きながら、京子も違う意味で今夜のお礼を言っ

た。

「お父様、残念でしたね、ご愁傷様です。聞いていれば葬儀にお参りさせて頂きましたのに、でもお元気そうで何よりです。佐々木、いえ、坂本さんから話を聞きまして、『銀パリセブン』の帰りに近々お礼の食事に誘うって言いながら、年を越すのも間が抜けてると思い、せめて年内にご招待しようと思っていましたが、生憎とどこも予約がいっぱいでして、まあ僕の考えが甘かったんですよ」

宮里は歩きながら、その響くような声で富裕子と京子に聞こえるように話した。

「これから行きます所も普通のレストランで、僕等のような薄給では行きつけの高級ホテルはありませんので、誘っておいてすみません」

と謝りながら案内してくれたのは三階建ての、一階にケーキのショーケースがあり奥が喫茶になっている綺麗なお店で満席になっていた。二階に上がると、植木鉢が点々と置かれた洋食の店になっていて、入り口で宮里が何か話をすると、ウエイトレスが、

「どうぞこちらです」

と案内してくれた。窓際といっても隣のビルがすぐ横に建っているので外は見えない。ビニールのテーブル掛けのかかった四人がけのテーブルの上に「予約席」の札が立っているのをウエイトレスが取った。

店の中には二十席程のテーブルがあり、明るい照明も、もう大分年数が経っているような型だった。後ろにはコート掛けがあったので富裕子と京子はコートを掛けて、太った富裕子が窓際に座った。

「ここはコース料理は無いんですが、一品物で頼みますからメニューを見て下さい」

と言って宮里は先程ウエイトレスが水と一緒に持ってきたメニューを二人に見せた。

富裕子はこんな昭和の香りのするレトロな食堂というに相応しい場所を珍しそうに、食事をしている人々をも見ていた。

「私、この海老フライをお願いします、サラダが付いているんですね」

と京子が言ったのに驚いたように富裕子も出された紙のナフキンのビニールを破って手を拭きながら、

「じゃあ、私も同じ物でいいですわ。それと食後にチョコレートケーキとコーヒーをお願いしても宜しいかしら」

宮里は手を上げてウエイトレスを呼び注文した。ウエイトレスは注文書を宮里側に置きながら、ぶっきらぼうな口調で、

「お飲み物は宜しいんですか」

と聞いた。宮里は皆の顔を見ながら、

「ビールでも飲みますか」

と言うと、富裕子が、

「私はワイン、そうね、白ワインをお願いしようかしら」

とウエイトレスに言った。

「申し訳ございません、ワインの類いはご用意が出来ませんが、ビールは生でしょうか、ビンでしょうか」

富裕子は不機嫌そうな顔を露わにして、

「じゃあ生の大ジョッキ、宮里さん、宜しい？」

と宮里の顔を見て優しい声で言った。

「ああ、折角だから生ビールにしましょう。京子さんも大ジョッキにしますか、僕も大ジョッキにしますけど」

「私は中で結構ですわ」

「では大を二杯と中を一杯お願いします」

ウエイトレスは気を良くした態度で伝票に書き足した。お通しに柿の種が入った小さなお皿が三枚運ばれ、直ぐに生ビールも運ばれてきた。

「やあ、お誘いしておいてこんな所ですみません。もう少しましな所が良かったんですが、でも料理は美味しいと思いますがね。

では、我々が来年も良い年でありますように！」

ちらっと富裕子を見て、

「すみません、お父様を亡くされたのに、不謹慎でした」

と頭を下げた。

「いえ、宜しいんですのよ。パパが亡くなって拠り所が無くなって塞ぎ込んでましたので、お誘い下さってとても嬉しかったですわ。お電話を頂戴致しました時には霧が晴れたようでしたもの」

と大きな目を細めて宮里を見ながら大ジョッキを豪快に飲んだ。

タルタルソースがかかった海老フライが運ばれてきたのを食べながら、富裕子が話し始めた。

「パパがね、この間死にそうになった後に、会社の弁護士に相談して遺言書を書いたそうなのよ。先日の二七日《ふたなのか》の日、皆が集まった時にその弁護士が話してくれたの。兄は今の家屋敷と隣接しているマンション、姉も磯子にある家屋敷と同じ土地に建ってるマンション、私は今の白金台の土地と住んでいるマンション。後、会社は兄が取締役社長に、パパの義弟が取締役副社長に、義兄に取締役専務で義叔父の長男が取締役常務になるんですって。株の事はいずれという事だったけど、弁護士さんが言うには、父が私のことをとても心配していて、白金台の土地を相続して相続税で取られないように、生命保険が掛けてあるからそれで払うようにと言っていたそうなのよ。私、それを聞いて泣いちゃったのよ」

と話しながら、大きな目から涙がぼろぼろと落ちた。

「親は有り難いですね。失礼ですが、白金台の土地はどのくらいあるんですか？」

宮里が真剣な顔で聞いた。

「え〜と、パパのお祖父さんが戦後焼けた土地だけになってた屋敷跡を買ったと言ってたんです。三百坪程あるところに祖父が二十年くらい前に三階建てで2ＬＤＫの部屋を十二戸造ったんです。私が大学生になった時にその一階の部屋に住み始めて……。裏の空いている所を少し駐車場にして貸していて、父の名義で不動産屋に管理してもらってますのよ。だから私、お部屋をいくらで貸しているのかも知らないんです。今後の事は兄と相談して相続しようと思ってます。今までの生活費はパパが毎月銀行に振り込んでくれていたから安心だったけど、これからどうなるのかしら、不安だわ」

と涙を浮かべて宮里を見ていた。

宮里は富裕子をじっと見ながら、

「大丈夫ですよ、お兄様もお姉様もいるのですから」

と慰めていた。京子は富裕子の普段からの贅沢癖は、この間兄の剛が言っていた話のように父の溺愛からだったと分かった。多分幼い時から母親が病気で構ってもらった事もなく、そして早く母親を亡くした娘が不憫だったのかもしれないと、急に富裕子が可哀想に思えてきた。涙をいっぱいためた目で宮里を見ていた富裕子は、

「そうよね。宮里さん弁護士さんだもの、私の相談に乗って下さる？」

と言った。ウエイトレスがお皿を下げて、三人分のコーヒーと富裕子には別に注文したチョコレートケーキを持って来て、泣きながら話をしている富裕子を、ギョロリとした目で見て立ち去った。

宮里はコーヒーを富裕子達にすすめながら、自分はブラックでコーヒーを一口飲んだ。京子は砂糖を一杯入れ、富裕子に廻した。富裕子は自分の前に置かれたコーヒーとケーキを見てコーヒーにミルクと更に砂糖を入れケーキを食べ始めた。

「さっきの話ですが、会社には以前からの弁護士さんや税理士さんも付いていらっしゃるでしょうから、僕のような若僧が入り込む事は出来ないです。大丈夫ですよ、お兄様だって富裕子さんを悪いようになさらないでしょうし、それと弁護士が立ち合って作った遺言書ですから誰が何と言っても無効にはなりませんから心配しない方が良いですよ。富裕子さんに助言くらいでしたら出来ますから、分からない事があったら言って下さい」

と心配顔の富裕子に笑いながら言った。

「私、嬉しいですわ。宮里さんが味方になって下さるなんて、安心しました。本当ですよね」

富裕子は周りの目も気にせずに立ち上がって、宮里の手を握った。

京子は急な話の展開に言葉を挟むことも無く黙って見ていたが富裕子が隣に座っている京子に、

「ねえ、ねえ、聞いたでしょう。宮里さんに何でも相談出来るから、やっと安心したわ」

とコップの水をゴクンと飲んだ。宮里も富裕子の興奮振りに少し持て余した顔をしながら、

「出ましょう」

と言ったので京子も同調した。三人が外に出た時はもう九時を過ぎていたが大勢の人達が談笑しながら流れるように歩いていた。宮里が、

「新橋駅まで送りますよ」

と歩き始めると富裕子は、

「私、タクシーで帰りますわ。そっちの道は一号線ですわね、来る時に一号線からこの通りを通って日比谷通りを抜けて新橋まで行ったんですもの、一号線だと家の側まで行くんです。宮里さんのマンションの前を通るんじゃないですか。京子も泉岳寺に近いから一緒に帰らない？」

としきりに誘ったが、宮里は、

「僕は歩いて五、六分ですから」

と断った。京子も富裕子の話を聞いていて少し疲れていたので、

「ごめんなさい、私も定期券があるから新橋から地下鉄で帰るわ。毎日デスクワークだから少し歩かないとね。折角言ってくれたのにごめんなさいね。宮里さん、今日はご馳走様になりました。今年も僅かですので良いお年をお迎え下さいね、失礼します。富裕子も大変でしょうけど、お父様が守って下さってるわ、じゃね」

と富裕子の肩を叩いて京子は二人と別れて新橋駅へと歩き始めた。日比谷通りを渡ってビルや商店が並ぶ夜も賑やかな通りを久し振りに通るので、和菓子屋さんのウインドーを横目で見ながら、年末出雲に帰る時にはどんなお土産を買って帰ろうかしら、出雲、特に松江藩主、松平不昧公が、茶道を城下に広めただけあって、和菓子は美味しいし、洋菓子にしようかしら、などと考えて歩いていると、ビルと商店の間の狭い所に、折り畳みの小さなテーブルに薄暗い行灯《あんどん》を置いた手相見なのか、一人の中年の女性から突然声を掛けられた。

「お嬢様、そうです、貴女ですよ」

京子は周りに女性が歩いていないか見廻していると、

「そうですよ、お嬢様です。ちょっとここにいらっしゃいませんか」

と手招きをされた。

京子は今までに一度も手相や人相などという占いをしてもらった事も無かったし興味も無かったので、立ち止まってその女性を見ていた。

「まあ、少し気になる事がありましてね。もう少し話が出来る所までお寄り下さいな」

京子はまるで吸い込まれるように女性の側に行った。

「椅子に腰掛けて下さいな。今お嬢様の後ろに黒い影が付いて一緒に歩いているのを見ましたので声を掛けたんです。私はこんな所で手相見をしてますが、そんな方あまり見たことが無いのでねぇ」

と薄明かりの中でしみじみと京子の顔を見た。

「お嬢様は色白で美人でいらっしゃるから、殿方が放っておくはずは無いですよね。それがお嬢様の持って生まれた難《わざわい》とでも言いますか、変な事言うと思われるでしょうが、不器量に生まれた方はあまり殿方に持てないですが、まあ不器量な女性には顔に拘《こだわ》らないで心を見る殿方に巡り会うものですよ。それに引き替え器量の良い女性には顔を見て寄って来る浮気な殿方もいますからね、そんな影がお嬢様の後ろに付きまとって見えたのでしょうね」

京子の人相でも見るようにじっと見てから、

「ちょっと手相を拝見」

京子は何か恐ろしい気がしたが、女性に言われるままに左手を出した。女性は京子の手を取って薄明るい行灯のそばに持って行って大きな天眼鏡でつくづくと見た。

「そうですね、貴女は自分より他人を思う人ですね。でもあまり度が過ぎるとストレスになってご自分が潰れますよ、気を付けて下さいね、右手も拝見」

また天眼鏡でじっくりと見て、

「感情は激しくても右手の努力で抑えている、そんなふうに見えますが、今好きな方は諦めた方が良いし、また何方かに愛されていますが、その方も止めた方が良いですよ」

手を放して京子の顔を見て、

「あなたはとても知的な方ですが愛情に溺れる難があります。結婚については貴女の運命に任せて、その方と努力すると幸せになれますね。今、運も良いですから、ただどういう黒い影なのかは私には分かりませんので、お守りをお持ちになることをお奨《すす》めします。この影で体調を崩されるか、また思わない男性に付きまとわれるかにしても、このお守りが必ずお嬢様を守って下さいます」

と硯箱程の桐箱からセロハンに入った白いお守りを出した。

「これを肌身離さず持っていて下さい。お休みの時は枕元に置いて下さい。私はどうしても今まで見た事の無い黒い影が気になります。もう一つお守りとは別に『身代わり不動尊のお札』があります。めったにお奨めしないのですが、こちらのお札もお守りの中に入れてお持ちになると私も安心ですが」

京子は自分の性格をずばりと言われたのに驚いたのと、その黒い影が気味悪かったのとで、お守りに守ってもらわなければ、その場を立ち去れないような気がしてきた。

「分かりました、お守りはおいくらですか？」

女性はお守りを拝んで、

「こちらのお守りは一万円ですし、この『身代わり不動尊のお札』は五千円ですよ」

と梵字が書かれた小さな木札が薄紙に包まれたのを恭《うやうや》しく拝んだ。

「じゃ、お守りと『身代わり不動尊のお札』を頂きますわ」

と京子は財布からお金を出した。女性はお守りの中に薄紙に包まれた木札を入れて桐箱に納めて京子に渡した。

「お帰りになりましして、例えばバッグやお札入れ等にお入れの時は小さなハンカチで包むか、また布で袋を作られて入れて持って歩かれると良いですよ。一人暮らしでしたらお仏壇は無いでしょうが、あればそこに置かれても良いです。お守りはお嬢様を守って下さる神様ですから、くれぐれも粗末になさらないで下さいね」

と言って腕に掛けていた水晶玉で出来た数珠のような物を両親指を通して、何やら口の中で呪文のような事を言ってから顔を上げて、

「良かったです。私もホッとしました。これでお嬢様をお守り出来たのですから、くれぐれもお守りを大切に、そして気を付けてお帰り下さい」

と頭を下げた。

京子は言われるままにショルダーバッグの中からハンカチを出してお守りを包んで中に入れ、頭を下げ駅へと向かった。何だか呪縛に掛けられたような気がして十メートル程歩いて後ろを見ると、もうその女性は机ごといなかった。

京子は、また恐ろしくなって、賑やかに談笑して歩いている人達の間を走るようにして改札を通った。

年末も近い繁華街の夜はアルコールが入っているせいか賑やかな人達に交ざって、富裕子は宮里と一号線に出てタクシーを拾うつもりが、道の少し手前に雰囲気の良い喫茶店を見つけた。

「折角お会い出来たんですもの、お茶でも飲んで帰りませんこと」

と先程の食堂の化粧室で口紅を塗り直した真っ赤な唇を窄《すぼ》めて、宮里におねだりするように横目で見た。ちょっと躊躇《ちゅうちょ》している宮里に、

「京子は帰りましたけど、私と二人じゃ、お嫌かしら」

と尚も宮里に迫った。

「いえ、そんな事は無いですが、玉木さん、寒くはないですか」

商店やビルの建ち並んだ所から広い国道一号線に出た途端に風が寒く感じた。

「ええ少し、温かいコーヒーなんか飲んでいきましょうよ、ねえ宮里さん、これから和樹さんてお呼びしても良いかしら、お嫌？」

宮里の腕に太った体をすり寄せるように腕を組んだ。

「じゃ、少しだけコーヒー飲んで帰りましょうか、今日のお詫びにですよ」

国道沿いのせいか、何台か置く事の出来る立体駐車場もあるビルの二階に「軽音楽喫茶ボサノバ」と書かれた喫茶店のドアを開けると、優しい琥珀色の照明に店内は木製のテーブル、椅子と昭和の雰囲気に、静かな音楽が流れていた。若いカップルが四、五組お茶を飲んでいる中に中年の男性も静かに音楽に聞き入っているのか、腕組みをしたり、ロッキングチェアに寄り掛かって目を瞑っている初老の男性が目に入った。富裕子は、

「この音楽、『ムーンリバー』ですわね。私一九五〇年代の映画音楽が大好きですのよ。ナット・キング・コール、『慕情』なんて聞いていて泣いちゃいますわ。ドリスディとか、レコードを集めてますの」

と小声で囁いて、うっとりした顔で聴き入っていた。

「富裕子さんはロマンチストなんですね。ここは『ボサノバ』という喫茶店ですから、ジャズ

とか色々なジャンルのレコードもあるのかもしれませんね」

レコードが棚いっぱいに並びリクエストが出来るようなので、この店は音楽を聴きに来る常連客が多いらしく、コーヒーのみで、キリマンジャロ、コロンビア等五種類しか無く、二人はコロンビアを注文した。店内は静かなので、富裕子も、チェアに寄りかかって音楽を聴いていたが、宮里の耳元に小さな声で、

「素敵ですわね、ロマンチックな気分、和樹さんとお呼びしても宜しいでしょ」

と手を握って、うっとりと宮里を流し目で見た。あまり話し声もなく、音楽が替わる時に微かにコーヒーカップを置く音がしたり、人の動きがしても気にせず富裕子は大きな目にアイラインを引き、付け睫毛を付けた目を閉じて、うっとりと聴きながら宮里の手を握ったままだった。

どのくらい時が流れたのか、宮里はぽっちゃりとして爪の先まで赤いマニキュアに模造ダイヤをちりばめた手で握られているのは悪い気もせずに時を過ごしていたが、入って来る人、帰る人を見て時計を見た。もう十一時を過ぎていた。

「富裕子さん、もうそろそろこの店を出ませんか。またゆっくり聴きに来るとしましょうか」

「まあそうですの。残念ですけど、和樹さんは明日もお仕事ですものね。また近いうちにこの店に連れて来て下さいます？」

にっこりと笑う富裕子を見て、宮里は快く返事をした。

国道に出て直ぐに品川方面に行くタクシーを止められ、富裕子を乗せる事が出来た。

「じゃあ約束ね、和樹さん、きっとよ」

と富裕子は大きな目でウインクをした。走り出して後ろを振り返って、

「楽しかったわ」

とうっとりしていると、

「お客さん、どちらまでですか」

運転手の声に、急に不機嫌な声になって、

「白金台よ、近くになったら目印の木があるから」

とぶっきらぼうに答えた。


翌朝、九時頃に起き上がった。もう尚子が来て台所で何か用意をしている音がした。

「お早うございます。お目覚めですか」

と寝室のドアをノックして入ってカーテンを開けた。

十二月も末になると父親が植えた椿がピンクの花を満開に咲かせていた。

「早いのね」

と富裕子はネグリジェの上からガウンを引っ掛けて居間に出て来た。食卓を見て、

「またハムエッグ。尚子ちゃん、毎朝のようにハムエッグじゃ飽きるわ。もうちょっと何か考えられないの」

とブツブツ文句を言ってパンとハムエッグとコーヒーの朝食を食べて、ふと尚子を見ると何時もよりおしゃれなセーターに前掛けをしていた。

「どうしたの、どこかに行くの？　そんな格好して」

と見咎めた。

「すみません、今日横浜の奥様に、これから群馬の家に行かせてもらうようにお願いをしてきました。昨夜父《とう》さんが倒れたと電話があったんで、大した事無いらしいんですけど暫く帰ってないので。明日には帰りますけど、すみません」

と頭を下げた。

「仕方ないわね、明日は帰って来るのね、私の洗濯物どうしたの」

「さっき洗ってお風呂場に乾燥かけて干してありますが、畳めなくてすみません。お昼はサンドイッチとスープを作ってありますからスープは温めて……」

「分かったわよ、で、明日は何時頃帰るの？」

とパンを食べながら聞いた。

「病院に入院したと言ってますから、多分夕方になると思います」

「そう、じゃあ、友達と出掛けるからお掃除だけ頼むわ」

「分かりました。今お台所を片付けたら出掛けさせて頂きます」

「はい、気を付けて」

と言って、食べ終わってから洗面所に向かった。

尚子が帰ってから横浜の義姉美佐代に電話した。

「お義姉さん、お早うございます、尚子ちゃん、この暮れになって家に帰るなんてね」

「しょうがないわよ。お父さんが肺炎になって入院したそうよ。まあお父様の事があってから忙しくてお休みもあげなかったからね。大した事無いと思うけど、入院したから行きたくなったんじゃないの。それよりも、今度のお正月は喪中だからお客様は来ないし、旅行も行けないから富裕子ちゃん、暮れからでもこっちに来ると良いんじゃないの、お節料理は料理屋から届けてもらうことにしてあるしね」

「そうね、私もお兄さんとお義姉さんに話があるのよ。結婚したい人がいるの。まだ正式にプロポーズされている訳じゃあないけどね。二人に会ったら話をするわ、で、喜代子はまだ来てるの？」

「偶《たま》にお骨を拝みに来るわよ。まさか来るなとも言えないでしょ」

富裕子は急に不機嫌な声で、

「よく来れたものね。パパが死んでからよく調べたら借りている振りをしていたアパート、パパが買ってやったんだって？　それを元にもう一つアパート買ったから、凄腕な女ね、ママが可哀想で……」

「まあ済んだ事は仕方がないわよ。来年の一月に四十九日が済んで納骨したら、もう来ないでしょ」

やっぱり義理の人は違う。ママがあれ程喜代子とパパの関係を知ってから嫌がって、自分の世話を看護師にさせていたことや、自分が死んだら喜代子には骨を拾わせないでって、兄や義姉に頼んだのに、結局二人共パパに言えないで火葬場に喜代子が付いて来て泣きながらママの骨を拾ったのも、高校生だった富裕子は未だに覚えていて兄達を許せないでいる。


富裕子は毎朝、朝食を食べると、何時も六本木の洋服店で別注で作らせたロングの部屋着に毛皮のショールを引っかけて、三軒先の美容室に行って洗髪からロングの髪を上に上げ纏《まと》めて襟足あたりまで散らしながらおろす髪型にセットしてもらうのが一日の始まりで、美容室でも店長代理の祐《ゆう》が待っている。

「お早う、今日遅くなっちゃったわね。お願いしま〜す」

「何か朝から用事でもあったんですか、僕心配してたんですよ。今日は気分変えて束ねた髪ゆるく三ツ編のようにして、間から髪をすこし出して、ふわっとさせたらどうですか」

富裕子は化粧もしていない顔で祐を見てにっこり笑い、

「祐君にお任せよ。センス良いんだから」

と肩に置いた祐の手を軽く叩いた。

思ったより可愛い髪型に、

「やっぱり祐君ね、良いわ、ありがとう」

と言って店を出て急いで部屋に帰った。

暖房をつけてある部屋でテレビを点けて、今朝、義姉に話しておいた結婚の事を考えていた。自分の人生において何でも有利に事を運ばせるには、やはり弁護士の宮里と結婚する方が良いと思うし、宮里はルックスも良く職業も友人に話すにも恥ずかしい相手でもない。姉みどりの夫である山下昭二は経理部にいたが、なかなか目端の利く男だと言ってパパが娘のみどりと結婚させて、今は専務をしているが、義姉美佐代は、剛さんは人が良いからお父様がいなくなったら、義弟の山下に社長を乗っ取られるのではないかという不安を富裕子にこそこそと話していたのを思い出していた。

尚子が作っていったスープを電子レンジで温めてサンドイッチを食べながら、義姉の言うように横浜の山手の家には何時頃行こうかと考えていた。

夕方から大学の友人、田辺リエとコンサートに行く約束があったので化粧を念入りにして、裾にレースをあしらったグリーンのワンピースに、母の形見の真珠のネックレスをして、グリーンのヒールを履いて駐車場に置いてあるポルシェに乗った。

コンサートは年末にちなんだ音楽だったので、夕食もリエと一緒に楽しんで帰れた。


今年もあと一日で大晦日という三十日に、富裕子は山手の家の門から玄関の車寄せに行かずに左側の車が五台入る車庫にポルシェを止めた。裏玄関から尚子が慌てて出て来て、

「お帰りなさいませ」

とだけ言って入って行った。

車寄せのある玄関の大きなドアを義姉の美佐代が開けて待っていた。

「遅かったのね、一寸心配したのよ、携帯に電話したけど出ないし」

と小さな声で詰った。

「あらそうだったの。朝マンションの管理をしている不動産屋から電話が来て、今日二階の七号室に越して来る人が大家さんに是非ご挨拶がしたいので、一時頃には引っ越して来るから申

し訳ないですが会って下さいって言うのよ。今まではパパの物だったから不動産屋も来たことが無いのにね。私がパパから相続したからでしょ。もしご都合が悪ければ、お忙しいでしょうが明日の朝にでもご挨拶したいと言ってますがって言うから、出掛けますので一時には来て下さいって言ったのよ、来なくてもいいのにね。そしたら渋滞で遅くなりますがって電話があって来たのが三時よ、失礼よね。若いカップルが来て、宜しくお願いしますって紙箱の安っぽいお絞りタオル三枚入ったのを持って来たのよ、何ってことないじゃないの、この暮れの忙しい時によ、断ればよかったわ。急いで来たからスマホを玄関に忘れて来ちゃったのよ」

まくし立てるように言って、尚子が出した冷たい麦茶を飲みながら、

「あら尚子ちゃん、何時帰って来たのよ。お義姉さんが一日置きに野口さんを来させてたわよ、帰ってたの？」

「すみません、父の病院に行って風邪が移ったのか熱が出て二日程家で寝てしまって、今朝帰って来たんです。お嬢様に移すと大変と思いまして」

と頭を下げた。そういえば、何時もの尚子と違って大きなマスクで顔を半分覆っているし顔色も悪く見えた。

「そう、この暮れの忙しいのに風邪なんか引いていられないわよ、気を付けなきゃね」

尚子は黙って頭を下げて部屋を出て行った。

「まあ仕方無いじゃないの、好きで風邪引いた訳じゃないし、野口さんが来てくれているしね。やっぱり主婦だっただけあるから料理も上手でね、剛さんが喜んでいるのよ。ご主人はもういないし、娘さんが結婚して同居だからお正月も来れるっていうしね。まあ松が取れたら社員もお参りに来るだろうけど、それまでは静かにといっても、剛さんが友人三人と内緒で熱海のホテルに三泊してゴルフに行くんだそうよ。私達も行かない？　尚子ちゃんもいるし、野口さんも来るから」

とお供えしてあった最中の箱を持って来た。

「そうそう、夕飯の前に話をしたかったのよ。もうお父様の遺産は遺言書の通りに剛さんもみどりさんも富裕子さんもマンションを貰うけど、うちは土地も大きいから伊豆高原の別荘を売って相続税の支払いに廻そうって話しているのよ。剛さんも買ったはいいけど子供達も大きくなって遊びに行っても自炊じゃあね、私もゆっくり出来ないし。だけど会社の株券だけど、お父様の持株を剛さんが五分の二、山下さん、義叔父の平林さんと息子の和行さんの三人に五分の一ずつ遺贈するって遺言書に書いてあったでしょ。主人は自分の持株と合わせても筆頭株主だし、代表取締役社長になるけど、もし平林さんが会社を退職する時に息子の和行さんになら良いけど、山下さんに株を売ったら逆転しかねないのよね。なんせ山下さん、お父様が見込んだだけあって遣り手だし、剛さん、お人好しだからお父様みたいに山下さんを使えるかどうか、歳も山下さんの方が上だしね、私心配なのよ。今みどりさんの長男の惺《さとる》さん大学生でしょ、卒業したら会社に入れるでしょうからね。

そんな事になる前に何とかしとかないとって主人に言っても、そんな事無いよって言うから、私が出しゃばっても何の策も無いし」

と心配そうな顔で富裕子を見た。

「そうね、兄さんの所は女の子二人だから、でも今は女社長もいるけど、山下さんと結婚したからみどり姉も社長夫人の席、狙うかもしれないわね。平林の義叔父さんが退職する前に株を高く買ってやるなんて話をそれとなく耳に入れておくなんて手もあるわよ。

兄さん優しいけど社員を使っていけるかしら、パパは眼力があったからね。

そうだわ、この間電話で話したでしょ。私も結婚しようと思う人がいて、まだその人には話をしてないけれど、弁護士なのよ。お兄さんの相談相手になるんじゃないの、そりゃあ会社にも顧問弁護士はいるけれど他人と身内じゃあ違うしね、義姉さんどう思う？」

富裕子は最中を食べながら美佐代の反応を見た。

「いいわね、弁護士さんと結婚すれば身内の事で色々と相談できるしね。会社に来ている渡辺弁護士だって、もう山下さんの言う事聞いているみたいだし、でもそんな人、富裕子さん結婚出来るの」

富裕子はテーブルの上に肘を付いて食べていた最中を菓子皿に戻して、お手拭きで手を拭きながらおもむろに美佐代の顔を見た。

「そうね、彼なかなかの紳士だけど美人好きなのよ。私はちょっと太っているけどそう悪くないと思っているし、それに彼は自分の弁護士事務所を持ちたいみたい。三十一歳だからまだ無理だけど、その時が来たら持てると希望を持たせれば大丈夫だと思うのよ。私達横浜の近くのマンション借りて事務所を開くのよ、私のマンションで生活出来るしね。そのうちに軌道に乗るわ。お兄さんにとって最高の味方になるんだから、事務所を持つ時は半分出して頂くわ。彼、きっと乗る」

と自信ありげに残った最中を口に放り込むのを見て、美佐代は富裕子の自信ありげな素振りを訝しげに見ていた。


京子は三十一日、羽田発出雲行きの最終便の予約を取ってあった。もう来年は出雲に帰る約束なんだから東京での最後の大晦日だと思っていた。五反田の叔母から、

「環さんも歳かしらね、最近よく電話をしてきてね、姉さんが更年期のせいか寝込むことがあって心配だから早く京子に帰って来て結婚するようにあんたから言ってくれないかって。こ

の間、京子ちゃんも来年には帰るって言っていたでしょ。心配しないで良いからって言っておいたわよ。暮れには帰るんでしょ」

と電話があった。

竜一郎との恋は実らないと分かっていても、断ち切ることが出来ない自分が嫌だった。

出雲に帰って見合い結婚して子供でも出来れば、また違う世界が開けるのかと思うのだが、見えない道に一歩踏み出すことが恐ろしいような気持ちもした。


明日は大晦日という夜、五反田の従姉妹のひかりから急な電話があった。

「京子ちゃん、夜にごめんなさい。こんな暮れになってお母さんがインフルエンザで熱を出して寝てるの。それで家政婦さんに食事の事を頼んでいたのよ。父さんは病院の研修の為にドイツに行っていて七日には帰るんだけど。こんな事お願いしていいかと迷ったんだけど、私一日から彼とスキーに行く約束しているのよ。取り止めれば良いんだけど、大分前から予約を入れていて彼も楽しみにしているから断ること出来なくて。京子ちゃんも出雲に帰るんでしょう」

京子は、妹のように可愛がっていたひかりの切羽詰まった声に、

「そうなんだけど、それで叔母さん熱はどうなの、家政婦さんはお正月には来ないの」

「そうなの。その人十一時に来て昼食や掃除、洗濯して、夕食を作って三時頃に帰って行くか

ら、夕食は私がお母さんに出して後片付けしているんだけど、家庭のある人だから三が日は来れないと言うし。私、信用金庫を午後早引きして夕食を作るつもりだけど、お母さんは、もう熱も無いしお粥も食べられるし大丈夫だから行きなさいって言ってるけど、まだ自分で食事の仕度は無理だと思うから心配なのよ。お姉ちゃんに来てもらえれば、四日にはその家政婦さん来るって言ったけど」

「良いわよ。出雲が逃げる訳ないし、また成人の日の連休にでも帰るから、スキーに行ってらっしゃいよ。私三十一日に五反田に行くから、叔母さんとゆっくりお正月を迎えられるのもこれが最後だしね。彼と仲良くしていらっしゃいよ。じゃあ、叔母さんに伝えておいてね」

ひかりはしきりに悪がって電話を切った。

考えれば高校の三年間は五反田の昭子叔母には食事のことから何から何までお世話になったし、大学に行くようになってマンションに移ってからも、親のように心配をしてくれた。もっとも祖母の環も両親も、昭子叔母が五反田に住んでいたので東京で勉強をする事を薦めてくれたのだから、その叔母の看病で帰れないと言っても分かってくれるだろうと思って、早速出雲に電話をした。

「もしもし、京子です」

受話器から少し嗄れた声で、

「ああ京子かね、こげな夜にどげしたかね」

祖母の環の声がした。出雲弁を聞いて急に懐かしさがこみ上げてきた。

「明日の最終便で帰る予定にしてたけど、今五反田のひかりちゃんから電話があって、昭子叔母さんが年末からインフルエンザにかかって寝てたと。大分良さげなそうだけど家政婦さんが明日から三日まで休みで、ひかりちゃんも友達と出掛ける約束を大分前からしてたけんね、私が出雲に帰る事分かってるけど、私に三十一日から三日まで来てでごすかと言ってきたわね。叔母さんは一人でも大丈夫と言っているらしいけど、まんだ二、三日は寝とった方がいいけんね、治りがけが大事だけん、私が行くって言ったわね。私は成人の日の連休に帰ればいいだけんね、どげかね」

祖母の環は時々「ああ？」と聞き取れないような声を出していたが、

「そげかね、まあ京子も大変だども、そげしてあげてごせば、私も安心だけんね。分かったけん、母さんには話しとくけん、京子もインフルエンザが移らんやにすっだよ」

「そげで母さんは、どげね」

「時々目が廻るなんて横になったりしてるけども、病院では更年期だろうと薬貰って飲んでるけん心配いらんが、君さんもおるけんね。おやすみ」

あれほど張りのある声だった祖母の声が凄く年寄りのように聞こえたのに京子は不安を感じ

た。兎も角、五反田の叔母が治ってくれたら連休も間がなくあるから出雲に帰ろうと思った。

三十一日に銀行が終わると直ぐに荷物を持って五反田へと向かった。叔母は思ったより元気で、

「悪かったわね、折角出雲に帰る予定にしていたのに、ひかりが心配して電話したんだって？ごめんね、でもお父さんはドイツだし敏も年始の救急の方で留守になるし、まあいたって何も出来ないけどね」

と布団の上に座って、ひかりが作った葛湯を飲んでいた。

「今日出雲から見舞いの電話が来たのよ。環さんから『どげかね』って心配そうな声でね。何だか声が嗄がれてたけど、昨夜はどうだった？」

京子はひかりから叔母の部屋に入る前にマスクを二枚重ねにして入るようにと渡されていた。

「そうね、何だか耳が少し遠くなったみたいだし、私も心配してたのよ。君さんもいるからお母さんが寝てても大丈夫だって言ってたけど」

と話しながら部屋の中に加湿器が二台置いてあったが、一台に水が少ないのに気が付いて、

「これ、水入れてくるわね」

と大きなタンクを持って部屋を出た。

元旦の朝は東京らしくすがすがしかった。ひかりが、

「ごめんなさい、じゃあ行って来ます」

と言って、大きなバッグを背負って出掛けて行った。叔母も寝正月になるとは思わなかったらしく別にお節料理の用意もして無かったが出雲から送られて来たのか、ハンベンや厚焼き玉子等が冷蔵庫に入っていた。冷凍庫を見ると、多分出雲から送られた丸餅がビニールの袋に小分けにされて入っていた。叔母も普通の御飯を食べているから出雲風な小豆雑煮を作ってみようと思ったが、小豆を煮る時間が無いのでコンビニから小豆の水煮缶を買って帰った。

叔母の家にいた時、日曜日等は料理の手伝いをしていたし、食器棚の中にある食器の位置も変わっていなかったので何か昨日までここで料理をしていたような錯覚に陥っていた。缶詰の小豆に水と砂糖を入れてよく煮て、冷凍庫の丸餅を電子レンジで柔らかくして小豆の煮たものに入れて、即席の小豆雑煮とハンベンや厚焼き玉子を皿に盛りつけたものをお盆に載せて叔母の部屋に持って行った。

「叔母さん、丸餅が冷凍庫に入っていたから小豆の水煮缶で即席だけど、小豆雑煮を作ってみたの。食べられるかしら」

と小さな卓袱台の上にお盆を置いた。

「あら……なに、京子ちゃん小豆雑煮作ったの、やっぱり出雲の子ね。うちのお父さんは仙台

でしょ、『正月からしるこが食べられるか』って言われてね、久しく食べてないのよ、嬉しいわ。頂きます」

美味しそうに雑煮を食べている叔母を見ながら、しみじみと血の繋がりを感じた。

湯冷まし替わりに持って来た湯呑みにポットからお湯を注ぎ、新しいお茶の葉を急須に入れて少し冷めた湯を注いで暫くしてから、叔母の湯呑み茶碗に注いだ。

「まあ、ありがとう、東京じゃあ急須にポットの熱いお湯を注ぐのが普通だから、折角の旨味も香りも無くなるでしょ。でも私も東京の暮らしが長いから近頃ではすっかり湯冷ましを使うことが無くなっちゃって、美味しいわ」

と目を瞑って味わっていた。

「良かったわ、私も時間がある時とか松江のお菓子を送ってもらった時には湯冷ましを使うけれど、普段はペットボトルのお茶を飲むのよ」

と笑った。叔母が急に真顔になって、

「ねえ、京子ちゃん彼氏いないの？」

と言った。もしやパリで竜一郎と会った事を誰かから聞いたのかしら。でも竜一郎とは心の深い中で愛し合っているのに、彼が軽々しく人に話す人ではないと京子は思った。

「残念ながら誰もいないわよ、どうして？」

「そうなら良いというか、勿論出雲で暮らせる人なら良いけどね。環さん、貴女が東京で結婚して出雲に帰らないと大変と内心心配しているようでね。私に見張っていてほしいって以前から言っていたのよ。

実は私が高二の頃に彼が出来てね、映画や、足立美術館なんかに一緒にデートのようなことしていた時に、以前から事務所にいた、え〜と、そう、田渕っていう木材の出荷等の監督のような人だったかしら、何をしていた人か忘れたけど、私に『昭子お嬢様は跡取りではないから心配いらないけど、駆け落ちだけはせんで下さいな』って言うのよ。変な事を言うなって思って『どうしてそんな事言うの、誰か駆け落ちしたの？』って聞いたら、不味いこと言ったような顔をしてそそくさと逃げようとするから追いかけて行って無理矢理聞いたのよ」

叔母は疲れている様子も無く布団の上で昔話を始めた。そういえば三年も同居させてもらっていたのに、叔母と二人きりで話などしたことが無かったので、興味津々に食事のお盆を下げる事も忘れて話を聞いていた。

「そしたら私のしつこさに『誰にも言わんで下さいよ』って私に釘を刺して話したのよ。『実は環お嬢様は兄弟を亡くされて、家の跡取りになられて、来年は卒業という冬頃に事務所に新しい事務員ったって、まだ二十歳の若僧が入って来たんですわ。それがまた俳優のような色男でさ、山口の方から来たらしいんで、背は高いし。まあ環お嬢様は一遍に惚れ込んでしまって、まあ一目惚れだあな。奥様にその人と結婚したいって言ったらしいけど、親の目から見たら婿にするには相応しくないと旦那がその男に会社を辞めろと言ったらしく、まあ、環お嬢様もよほど惚れこんでたらしくて駆け落ちしたんですわ。でも何だかんだ言ったってまだ若いから金も無いし、玉造温泉にいるのを見つけられて連れ戻されて、相手の男の親を呼んで、手切れ金を渡して別れさせたってことがあったですが』って、その田渕が言うのには旦那さんも早く婿を取らないといけないと思ったのか、会社に勤めていた修司さん、私達のお父さんだけど、修司さんを婿にしたっていうのよ。その田渕が言うには環お嬢様、学校にも行かず三月末に結婚して、十二月には和子嬢さんを産みなさって、廻りには早産だって言ったけどな……、なんて意味ありげに嫌な言い方をしたの忘れないわ。ごめんね、今まで誰にも話したこと無いけど、環さんがあまり見張ってほしいって言うから思い出したのよ。自分の経験上からかとね。環さんはまだ十八だったたから魔が差したんだと思うけどね」

叔母は一気に話を終えて、

「ああ、何だか喉が渇いたわ、白湯で良いからもう一杯くれる？」

と京子に手に持っていた湯呑みを出した。

突然な話に京子は湯呑みを取り損ないそうになった。

「叔母さん、それ本当の話なの、家を守るのが使命のように木材店も亡くなったお爺ちゃんより商売に打ち込んでいたでしょ、私信じられないわ」

と言って白湯を渡した。

「私、その時は高二だったから駆け落ちなんて時代遅れな話と思っていたけれど、よく数えると姉さんは確かに月足らずで生まれているのよ。疑えば、その駆け落ちした人の子供かも……あんたのお母さんには責任は無いものね。この話、ここだけの事にしておいてね、ただ環さんにも若い時があったということと、もしそうだとしても一人心に仕舞って夢中で働いてきたのかしらね。何故貴女達孫にお婆ちゃんと呼ばせないで環さんて呼ばせたかは知っているでしょ」

「ええ、子供の頃、母に聞いたわ。環さん、孫の妙子姉さんが生まれた時、四十一歳だったし、会社の仕事に打ち込んでいたので業者間でもお婆さんに見られたくないので、家でも環さんと呼ばせてたって言ってたけど、それは本当でしょ」

「そうよ、環さん若かったからね。少し疲れたから横になるわ。京子ちゃんも夕飯まででしょ、長話してごめんなさい、少し寝るわね」

京子はお盆をキッチンに運んで部屋の電気を少し暗くした。

「私、十一時頃までは寝ないから用事があったら携帯で呼んでね」

襖を閉めて、食事の為にキッチンに戻った。

さっきの祖母の駆け落ちの話を思い出していた。兄弟が死んで自分が跡取りとなることが分かっていても駆け落ちするほどの好きな人がいたのに、結局別れさせられたのか。可哀想に思いながら、自分も竜一郎を忘れなければならないと思っていることに共通する何かがあるような気がした。祖母はまだ十八歳だったから恋に溺れて先の事も考えずに駆け落ちしたけれど、竜一郎は家元を継ぐ身だし、これは宿命だと言っていたし、私も祖母や両親が跡取りと決めて自由にしてくれている事に感謝していても、やはり佐々木の家を継ぐ身を宿命と思っている。私達は二人共もう分別もっている年齢だから思い止まることが出来たのに苦しい。改めて祖母が初恋の人と引き裂かれた時はどんなに辛い想いをしたことかと、

「辛かったわね、環さん」

と泣きながら呟いた。

そんな辛い別れがあったからきっと家の為だけに生きようと、社員や職人など周りからお爺さん以上に男勝りと言われながらもあんなに一生懸命になって佐々木木材店に打ち込んできたのかもしれないと思った。

三日のお昼過ぎに、ひかりが帰って来た。

「お姉ちゃん、お母さんをありがとう。お陰で彼の約束破らないで済んだわ。だけど彼に話したら、そんな時は約束なんか良いんだよって反対に叱られちゃったわ、これお土産よ」

と笑いながらお菓子の入った小さな箱を渡された。

「彼と結婚するの？」

と聞くと、

「う～ん、べつに考えていなかったけど、今度の事で叱られたでしょ、良い人だな～と思ったから、結婚するかもね」

と拘りの無い顔で嬉しそうに笑った。

叔母も三日には布団を上げてリビングに出て来て、二人にコーヒーを淹れてくれ、

「京子ちゃん、本当にありがとうね。私も安心して寝ていられたわ。主婦って嫌ね、一人だったら用事の無い電話にも出なきゃならないし、おちおち寝ていられなかったけど、京子ちゃんとゆっくり話も出来たし、今年は出雲に帰るならもうこんな事も無いと思ったら、貴女には迷惑掛けたけど私は楽しかったわ、それと小豆雑煮も食べられたしね。今度の連休は帰るんでしょ、私も環さん達に心配掛けたから後で電話しとくけど、気を付けて行ってらっしゃいね、本当にありがとうね」

とまだ顔色も冴えない病み上がりの体で玄関まで送ってくれた。

三日間留守にしていた部屋は冷え切っていたので、直ぐに暖房を点けてコートを着たままお湯を沸かした。

雪でも降りそうなほど寒い連休初日の朝、一便の予約がやっと取れたので、早朝羽田から出雲へと向かった。

着陸の為に飛行機は高度を下げながら雪の舞う宍道湖《しんじこ》の湖畔すれすれに出雲空港の滑走路に着陸してから、暫くしてやっとエンジンが止まった。キャビンアテンダントの声で、京子は手荷物だけだったので直ぐにゲートを出た。羽田の飛行場から電話してあったので、父が迎えに来てくれると言っていた通り、手を振っている父親を見つけて走り寄った。

「ただいま帰りました」

「おお、よう帰ったな」

と父は穏やかな笑いを浮かべて京子の荷物を持ち、先に歩いて停めてあった車の鍵を開け、京子を助手席に座らせると、運転席に乗った。

「まめだったか（元気だったか）」

改めて京子の顔を見てにこやかに笑う父の髪の毛が、一年程会わない間に白いものが大分増えたように思った。

「うん、風邪も引かなかったし、お腹も痛くならなかったわよ」

穏やかな父親の顔を見て、まるで子供に返ったような返事をして笑いながら、

「私、まるで子供のようね」

と可笑しさがこみ上げてきた。

父親の何時もと変わらない静かな眼差しに、ホッと自分の居場所を見つけたような気がして、童心に返ったのかと思った。

「お正月には帰れなかったけど、五反田の昭子叔母さんの看病が出来て良かったわ。昨日出雲に帰るからって電話したら、とても元気そうにしていたから安心したわ」

松三は、

「そげだったか」

と頷いて、しんしんと雪の降る国道を奥出雲と呼ばれる雲南市の山の方へと車を走らせた。

「ねえ、お母さん目眩がして寝ているっていったけど、まだ治らないの？」

と見慣れた景色を見ながら聞いた。

「ああ、その日によってだが、今日はおまえが帰るからって張り切って、婆ちゃんと料理作ってたから、大した事も無いだろうよ」

「良かった。暮れに電話した時に環さんの声が何だか嗄れていたもんだから、昭子叔母さんと心配していたんだけど、お母さんより環さんが心配になって、それこそ風邪でも引いたのかと思って」

「暮れあたりは少し疲れが出たかもしれんな、母さんの目眩が酷かったからな。婆ちゃんも歳だからか、近頃は心配性になったようだぞ。京子の事も早く婿を探せって岡山の正子さんにも、妙子や博子にも電話してたけん」

五反田の叔母が言っていたように、私がなかなか出雲に帰らなかったので、跡を継がないで都会の人と結婚でもすると大変だと思ったのかもしれないと、京子は少し東京に居過ぎた自分が悪かったとつくづく思った。

竜一郎とは互いにあの夜の事は心の奥深くに仕舞うことを決めて別れたのだから、環さんや両親の目に適って自分も一生を共に生活出来るような人なら早く結婚を決めて家族を安心させたいと、白髪の増えた父親の横顔を見て後悔した。国道沿いを少し県道へ入った所にある山を背にした瓦屋根の大きな家が佐々木家であり、道沿いに「㈱佐々木木材店」と看板が立っている。家の脇に製材所が建ち前にトラックが何台も入る建屋の高い車庫があり、大型トラックや、社員用のだろうか小型乗用車も入っていた。製材所の奥に環の代に造ったという木工所もあり、製材所と母屋の間に二階建ての事務所兼社員の休憩所があり人が出入りしていた。松三は車を母屋の車庫の前で止めて京子に降りるように促し、自分も降りて京子の荷物を持って玄関へ入っていった。朝から降り始めた雪が少し積もりはじめている玄関へのアプローチに佇み、京子は雪の降る中、住み慣れた家をじっと見ていた。玄関から母の和子が顔を出して、

「雪の中、何しちょうかね、早く入るだわね」

と声を掛けた。

「ただいま帰りました。今深呼吸をしているところよ」

と笑いながら雪をはたいて玄関に入った。

奥から祖母の環も少し腰が曲がってきたのか、廊下を静かに足を引きずるようにして出て来た。

「お帰り、待ってたで、今日は寒いがね、早く上がって、上がって」

とせき立てるように先に歩いて居間に入った。畳の部屋に絨毯が敷かれた居間は石油ストーブで暖かかった。一年以上も帰っていなかった居間には大きな革張りの椅子が置かれていた。

脱いだコートを脇に置き、改めて正座をして挨拶をした。

「よう帰ったね、首を長《なご》うして待ってたがね」

と祖母が椅子に腰掛けて首を長くして笑った。この前京子が帰った時には椅子も無かったし、何時でも環は正座をして足等崩したのを見た事も無いので京子は訝しげに聞いた。

「環さん、腰が痛いかね、どげしたの」

と側まで行って聞いた。

「ああ去年の秋、庭の飛び石に躓《つまず》いて足にひびが入っての、それから椅子に腰掛けとったら、正座ができんようになってしまって、いけんがね」

と足をさすった。

「えらいことだったわね、まだ痛むの」

と京子は祖母のさすっていた所を撫でた。

「今日は寒いけん、まんだ痛むが」

と京子のさすっている手を握り、

「よう戻ってごしたね」

とつくづくと京子の顔を見た。やっぱり一年の間に環の衰えが見えた。環は、

「何か女振りが上がったように綺麗になったのう」

と嬉しそうに笑った。

台所から母の和子がお盆にお菓子と点てた薄茶を持って来て、テーブルの上に置いた。

「父さんが空港に迎えに行く前にちょっこし早めに出て松江の彩雲堂の『花びら餅』を買って来たけん、京子が好きだからってね」

初釜に使う花びら餅は中のピンクに染められた味噌餡を白の求肥で半月に巻き、輪の所に甘煮のゴボウが挿してあり、白の求肥を通してピンクが花びらのように透けて見える美しい正月のみの和菓子だ。今は東京でも買う事が出来るが、やはり出雲に帰って薄茶と頂くのは格別で、久し振りだった。

「美味しいわ、ねえ子供の頃環さんが『美味しいお菓子が食べられるけんね』って着物を着せてくれてお茶の先生の所に何回か連れて行ってくれたわね」

と薄茶を頂きながら環に話し掛けた。

「そげだったね。京子は姉妹の中で一番賢くて、私の言う通りに先生の前で扇子を前にお辞儀して、正座を崩した事も無いしね。先生もおべちょったが（びっくりしていた）」

環の衰えて見えていた顔に、暖かい部屋のせいか、京子と昔話が出来たせいか、うっすらと赤味が差してきたように見えた。

子供の頃は環もまだ店の方まで目配りをしていて、父も母も若く四人姉妹も賑やかに生活していたのが、外はしんしんと雪が降っているせいもあるのか、ひっそりと静まりかえった家がとても寂しく思えた。

奥から、母が長女の妙子を出産した時から女中として住み込んでいて今は結婚して事務所の二階に住んでいる君子が手を拭きながら部屋に入って来た。

「まあ、京子様、お帰りなさい。今外の蔵の中から赤かぶの漬物を樽から出してたけんね、帰られたの聞いて急いで来ましたが、まめでしたか」

と人の良さそうな顔の君子も、もう還暦が近くなっていて、白髪まじりの髪を後ろに丸く束ねて、弱った毛糸を何本か合わせて編んだセーターの上からねずみ色のエプロンを着た姿で出て来た。

「君ちゃん、久し振りだね、元気そうで良かった、これ君ちゃんにお土産なのよ、温かそうなソックス売ってたから履いてね、これは信吉さんにね」

とソックスが入った紙袋を出した。

「まあ、私なんぞに、そげに勿体ないことでまあ、だんだん（ありがとうございます）」

と丁寧に押しいただいた。

京子は祖母の方に向き直って、

「環さんやお母さん達には、お正月限定のとらやの羊羹と店の人達にはとらやの最中を買って来たのよ。この羊羹、切ると日の出の絵が出るのよ、高かったけど私も食べたかったから」

と差し出した。母の和子が、

「ありがとう。仏壇に上げて京子もまんだ拝んでないから、これ皆持って仏間に来るだわね」

と立ち上がった。

大きな二階建てに瓦をのせた古い家の屋根の下で、百数十年の間に生まれ育ち、やがて大人になって色々の人生を抱えて出て行った人達のざわめき、子供の笑い走り廻る足音、賑やかな酒盛りの手拍子や、部屋の片隅で堪え忍んだ女の嗚咽が京子の耳に遠くから細波《さざなみ》のように聞こえてきた。そして代を継ぎ、今日自分がここに座っている。揺らぐ灯明の火を見ながら過ぎさって逝った先祖の事を思っていた。

「寒いだろうに、はよう居間に来ない、お灯明消してよ」

と母の声に我に返り立ち上がった。

母と君子が京子の好物のサバ寿司など色々と料理を作り、環も居間の椅子に腰掛けて久し振りに孫の顔を見てか、元気な声で話をした。

「そげに、パリはどげだったかね」

「お天気が良かったし、美術館を巡ったり、セーヌ川を観光船で廻ったり」

その度に、

「そげかね、ふ〜ん、楽しかったね」

と、昭子と正子の結婚式で東京に行ったこと以外に出雲から出たことの無い環は感心して聞いていた。

二泊の帰郷は、あっという間に過ぎていった。

「雪もたいしたこともないから飛行機は飛ぶだろうよ」

と松三がスマホを見て確認し、家を三時に出て車で空港まで送ってくれた。

家を出る時に環は京子の手を握り、

「今年は家に帰るんだね、京子の花嫁姿を早く見たいけんね」

と言って、めずらしく涙をためている祖母に京子も、

「夏までには銀行辞めて家に帰るけんね、もう転ばんでね」

と握られた冷たい手を両手で握り返して、笑ってみせた。

どんよりと曇った空を飛行機が飛び立った。羽田に近づくと町の明かりが光々と見え、高速道路だろうか、ヘッドライトが数珠繋ぎに走っているのが窓から見えた。一時間半も掛からずに羽田空港に着陸した。そのまま京急に乗り泉岳寺のマンションに帰ることが出来、京子は荷物をソファに置いてコートを脱ぐと、直ぐに出雲の家に無事に帰ったことを電話した。

「ああ良かったね、京子が帰ってから一足違いで岡山の正子から電話があってね。環さんが頼んであった京子の婿さんの写真と釣書《つりがき》をこちらに送ったけんて言ってきたわ。またこちらで見たら直ぐにそっちに送るけんね。五反田の昭子にも見てもらったらどげかね。じゃ風邪引かんように、おやすみ」

と電話が切れた。京子は先日、五反田の叔母が話をしていた環の駆け落ちの話を思い出していた。若気の至りといえども、自分が佐々木木材店の四代目を継ぐことは分かっていても、恋心には勝てなかったのに、別れさせられてどんなに辛く苦しかったことか。それを乗り越えた祖母を思うと、竜一郎との事は互いに結ばれることが出来ないと分かって一夜を共にし、自分の心は永遠に竜一郎のものと決めて別れてきたのだから、結婚する人は家を継ぐための人と割

り切らなければならないと考えよう、岡山の叔母がこの人と見込んで写真を送ってくるのだから、送られてくる写真の人がどのような人か、一生共に暮らしてゆけるかを見定めようと思った。


一月も終わろうとしていた時、東京にも初雪が降った。以前に許嫁の事で悩んでいた時から桜子とは音信不通のように互いにメールも電話も無かったのが、銀行を出る頃ラインが入った。

「今から会えるかしら？」

今日は木曜日、急な事でも起きたのかと思い、

「いいけど、どうしたの？」

「ちょっと報告」

「分かった、どこで会うの？」

「品川駅の何時もの『アーモンド』？」

「OK、これから帰るけど何時に？」

「そのまま向かって、私も急ぐから」

「了解」

京子は何の話か分からなかったが、兎も角、相談？　いや報告だったから、やはり悩んでい

た許嫁の事か、と考えながら急いで歩いた。品川駅に着いて『アーモンド』に入ると、もう桜子は席に座っていた。

「急いだんだけど、待たせた？」

と京子は言いながら手袋とコートを脱いだ。

「寒いわね、雪がちらついているものね、急にどうしたの？」

と向かいの椅子に腰掛けながら聞いた。ウエイトレスが水とおしぼりを持って来た。

「私はナポリタンとホットコーヒーを注文したけど」

「じゃあ、私も同じ物にします」

とウエイトレスに言った。おしぼりで手を拭きながら桜子の様子が以前より明るい感じがしていた。

「寒いところ呼び出してごめんなさいね。急いで報告というか」

桜子も氷の浮かんだ水を飲みながら、どこから話して良いか糸口を探している様子だった。

「この前話してた許嫁さんの事かしら」

「そう、そうなのよ。貴女に言われて尤もだと思って、母に私の気持ちを話したのよ。

登さんは本当に物心付く頃から優しくて、仲が良いお兄様のような気持ちで。座間様のご両親とうちの両親と、そして兄さんと私と登ちゃんと三人で遊ぶ中で、兄さんが小学校も高学年になって、遊びの中から抜けていって。私と登ちゃんとが兄妹のように、少なくとも私にはそう思われたし、そのうちだんだん大人になってから座間様の家に行って登ちゃんと会っても気持ちはやはり優しい一つ上のお兄さん。高校の頃にお父様から登ちゃんと許嫁の話を聞いた時も何の事かピンとこなくて、だって親同士が決めた事だから、急に登さんが結婚相手で座間様の家に嫁ぐとして、お父様に早く結婚しなさいと言われても、『私不器用なのかもしれないけど登ちゃん、いえ登さんを男性として見た事が無いから無理よ』って言ったのよ。『だって、一度もデートのように二人でドライブなんかに出掛けたこと無いし、私は誰も好きな人もいないし、登さんを嫌いではないけど』。母は黙って聞いてくれていてね、『桜子、私達が悪かったわね、実はお父様と私も親から決められた許嫁だったのよ。それも私は福島、お父様は東京で、一度会っただけで結婚したけど、私は何も不満は無かったのよ、お父様も堅実な人だったしね。一緒に暮らすうちに二人の間に愛情とでもいうのかしら、お互いに無くてはならない人になっていたので、おそらくお父様も桜子達が自分達よりもっと早くから兄妹のように仲の良い子供同士だったから、桜子の言うデートだとか、恋とかは思わなかったのかもしれないわね、昔とは違うものね、恋愛して結婚するのが今の人だものね。そういえば勝利も真美さんと恋愛結婚だしね。桜子の気持ちは分かったわ。お父様に話をするから安心していて良いわよ、座間様とも話をするから』って言ってくれたのが十二月頃だったたの」

桜子は一気に話をした。京子はスパゲッティが冷たくなるかとチラッと見た。

「ごめんなさい、話の途中だけど食べましょうか」

桜子は目の前にスパゲッティを置かれたのも気が付かなかった様子だった。二人で急いでスパゲッティを食べてからコーヒーを飲みながらの話になった。

「それでどうしたの」

京子は自分が話の腰を折ったような気がして話を促した。

桜子は自分の話に自分で酔っているような気がしたのか端的に話を始めた。

「結局、親同士が話をして登さんの心を聞いてくれたらしくて、登さんから映画に誘われて行ったり、クリスマスの東京タワーに登ったりして、初めて携帯のアドレスを交換したのよ。そしてお正月にはディズニーランドに二人で行って来たのよ。この間の成人の日に正式に結納を交わしました、フフフ」

桜子は初めて恥ずかしそうに笑った。

「良かったじゃないの、きっと登さんもキッカケが無かったのね。本当におめでとう、私も安心したわ。それで結婚式はいつなの」

「まだはっきり決まってないけど、座間のお父様が、将来は今の家の廊下で繋がるような設計にして別棟を建てて暮らしたら良いって言って下さって、新居を春になって建て始めるから多分秋になると思うわ、十月か十一月頃かしらね」

とちょっと嬉しそうな顔をした。以前は茶色の眼鏡だったのが縁の細い女性らしい眼鏡に変えていたし、今まで紺とか青のセーターを着ていたのが今日はピンクのモヘアのセーターに。桜子の左薬指には〇・五キャラット程の婚約指輪が光っていた。京子はがらっと変わった桜子が登に恋心を抱いているのだろうとうらやましく思う反面、実らない恋をしている自分が淋しかった。

「そうなの、じゃあスープの冷めない所ね、良かったわ、ご両親も安心なさったでしょ」

「ええ、これも貴女の助言があったからよ。ディズニーランドで登さんから結婚を申し込まれて、やっと気持ちがすっきりしたのよ」

と笑いながら婚約指輪を見せた。

二人は品川駅の店を出て別れた。ライトグレーのコートを着た桜子を見送って、雪が降るから地下鉄に乗ってマンションに帰りポストを覗いて見ると、分厚い茶封筒が入っていた。ロックを開けて茶封筒を見ると父の字で、出雲からの郵便物だった。京子は急いで部屋に入り、少し濡れたダウンコートをタオルで拭いて玄関のコート掛けにハンガーにかけて吊るした。部屋に入ると着替えもせずに茶封筒の端をハサミで慎重に切って中を出した。

父の短い手紙と封筒に入った写真と、筆で書かれた「釣書」が出てきた。

現住所は鳥取県米子市になっていてご両親の名前、生年月日と兄二人の生年月日と最終学歴と職業、弟は大阪の商社に勤務と書いてあり、本人の名前は松下翔太、出身の大阪の有名大学学部と趣味、几帳面なのか身長、体重まで書いてあり、鳥取のＪＡに勤務と書いてあった。

父の手紙には岡山の正子叔母の友人の甥と書いてあり、お婆さんも自分達も、男兄弟四人という家系なれば京子も男子を産むことは間違いがないとか、正子叔母は二、三度会った事があり、好青年であることや背も京子より十五センチも高いし、正子叔母さんを信じて一度会ってみてはどうかという内容だった。

父が環さんに言われて緊張して書いた手紙だろうと実直な父の顔を思い出しながら少し可笑しくて読んだが、かねがね祖母が自分の男兄弟が成人しないで亡くなり、自分は余儀無く婿を取ったら、また自分の子供三人共が女の子で、和子に婿を取って二代続けて婿を取る家になり、また和子も五人の子宝に恵まれたのに長男は生後一カ月で死亡、残りの四人の女の子は元気に育ち、結局また三代続けて婿を取るとは何の因果かと嘆いていたと母から聞いた事があったので、多分四人も男子が生まれた家系なら今度こそ京子の婿にして男子が生まれる事を願っているのだろうと、ぎこちない父の手紙を見ながら祖母環の心が手に取るように分かった。五反田の叔母も岡山の叔母も男の子を産んでいるのに……と、衰えてきた祖母のその一筋な思いを思うと一笑に付すことが出来なかった。写真を見るかぎりでは腮《えら》の張った鼻の大きな顔に少し垂れ目が優しい感じで、多そうな髪を短くかって、背広を着てベンチのような所で撮ったのだろう、肩幅の広いがっしりとした感じだった。趣味に柔道と釣りと書いてあり、京子が今までに会った事の無いタイプの男性だった。

体格は良いし木材を扱う商売だから、直に材木を運ぶわけではないが華奢な男性より頼もしく感じて祖母もこの縁談を奨めているのかもしれないと思った。京子は、今時家を継ぐのは男性でも女性でも良いと思っており、男子を産まなければという思いも強くはないが、やはり環を喜ばせたいという思いはあった。会ってみて好感が持てそうな男性なら少し付き合ってみても良いと思い、大分遅い時間だったが出雲に電話を掛けた。

「もしもし京子です。今日写真が届きました。ちょっと友達と会っていたのでこんなに遅くにごめんなさい。岡山の叔母さんの友人の甥で叔母さんも会った事があるっていうし、写真では分からないから一度会ってみたいと思うけど、環さん、何か言ってた？」

電話口は母だった。

「そう、お婆ちゃんは人柄さえ良ければ願ってもない話だって言ってたし、父さんは体格も良いし京子は背が高いから大きな男が良いって思っているようだよ。京子も会ってみたいというんなら岡山の正子に明日にでも電話しとくけんね。お互いに遠いし仕事もあるし、正子にも一緒に来てもらわなければならないしね」

「私の写真や釣書、この人見てるの？」

「京子の写真や釣書は環さんがもう大分前にあっちこっちに送って頼んであったけん、きっと松下さんも見て返事がきたんでしょ。じゃあ、明日の朝お婆ちゃんに京子から電話があったことを話して岡山の正子に電話するわね。写真では、今言う『イケメン』じゃあないけど、優しそうに見えるけん、じゃあ、また何かあったら電話するわね、おやすみ」

と母がだるそうな声で話し、電話を切った。

京子はその釣書と写真を見て、代々先祖が守ってきたあの大きな家を継ぐには良い人かもしれないし、自分を飾らなくても一緒にいられる人ならそれで良いと思った。雪は夜の間に止んでいたが、朝は薄氷が張っていて、昨日帰る時より歩くのが怖かった。

帰りに五反田の叔母に電話をした。

「京子です。ちょっと話があるのでこれから行っても良いかしら」

昭子が、

「急ぎの用なの？　それがね、ひかりが今夜彼を連れて来るっていうのよ、だから夕飯を作らなきゃあならないしね、どうやら結婚したいんじゃないの。明日でもよければ土曜日だし、話もゆっくり出来るけどね」

急ぐといえば急ぐけど、一日がどうという訳でも無いので、

「分かったわ。じゃあ明日の朝に電話してから行くわね。出雲から私の結婚相手の写真を送ってきたの。昭子叔母さんにも見てもらうようにってお父さんから手紙が入っていたのでね」

「そう、そう言えば昨日正子からそんな内容のメールが来てたわ。じゃあ待っているわね。何だか忙しくなりそうよ」

叔母の嬉しそうな笑い声に身内の温もりを感じながらスマホを置いた。


土曜日、目覚ましをセットしないで寝たのでやはり八時半頃まで眠ってしまい、昨日の寒さは何だったのだろうと思うほどの暖かい朝だった。もっとも何時もなら薄暗い六時に起きてお弁当やら身支度をするのだから寒いに決まっていると、ベッドの上からカーテン越しに差し込んでいる日光を浴びながらストレッチをした。パジャマにセーターを引っ掛けて顔も洗わずにテレビを点けて、トーストとコーヒーを飲むだけの朝食を取った。十時過ぎに五反田の叔母に電話をしてからゆっくりと顔を洗ったり身支度を始めた。

五反田の家に着いたのはもう十一時をまわっていた。京子は途中の洋菓子店で叔母の大好物のエクレアとシュークリームを十個ほど買って持って行った。インターホンを押して、

「お早うございます。京子です」

「京子ちゃん、待ってたわ、ドア開いているから入って」

とひかりの弾けるような声がした。玄関のドアを開けて入ると、ひかりが急いでリビングから飛び出して来た。

「ゆうべはごめんなさい、私の彼が来たいって言ったので」

京子は脱いだ靴を直しながら、

「お正月にスキーに行った彼ね。で、巧くいっているのね」

ひかりは肩をすくめて、

「まあね、別に気になるところも無いしね。彼、山本さんっていうんだけど一度家に挨拶に来たいって言ってたから、でも、別に結婚する約束もしてないけど、彼一人っ子だから真面目なんじゃないの」

と言いながらリビングに入った。

「これ、叔母さんが好きなカマンベールのエクレアとシュークリームなのよ」

とひかりに渡した。大きな箱に目を輝かせて、

「わあ～、有り難う。私もカマンベールのお菓子好きなの、あとでコーヒーを淹れるわね。お母さん、お母さん、京子ちゃん来たわよ」

どうも二階で何かしている叔母を大声で呼んで、ひかりはケーキの箱をキッチンの方に持って行った。

「いらっしゃい、昨夜はごめんなさい、あんまり良いお天気だから干し物をしていたのよ」

掛け時計を見て、

「あら、もう少しでお昼じゃないの。お昼の用意はしてあるのよ。生憎、お父さんは病院だけど珍しく敏はいるわよ」

赤いセーターにサロン前掛けをした叔母は、母の和子より五歳年下なだけなのに都会に住んでいるせいか病弱な母より十歳くらい若々しく見えた……。

「座っててね、ひかり、お兄ちゃん呼んで」

小声で、

「この頃はスマホで呼ぶのよ」

と笑いながらキッチンに入って行った。

テーブルの上にはシーフードとトマトやブロッコリーのサラダとシチューと、何故か御飯と梅干し、出雲のナメ味噌の瓶が載っていた。二階から下りてきた敏は、久し振りに会った京子に、

「ああしばらく」

とボサボサの髪を掻き上げながらテーブルに着いた。

敏は食事が終わると笑顔で、

「ゆっくりね」

と言葉少なく二階に上がっていった。ひかりが、

「あんなんで医者になれるのかしらね、ブッキラボーなのよ」

と後ろ姿を見てボヤいた。

京子はそんな敏が以前から好きだった。口数が少ないけど京子がここで一緒に暮らしていた時も、何時も黙って気を遣ってくれて、夏の暑い日に学校から帰って来た時に、自分が氷水を飲んでいたのでさりげなく京子にも水に氷を入れたコップをテーブルに置いて二階に上がったりと優しく姉弟のように接してくれていた。

食事の片付けをしてから、京子はトートバッグから父の手紙を出して、写真と釣書を叔母の前に出した。叔母は軽い老眼鏡を掛けて写真を見ながら、

「う〜ん、体格の良い人ね。顔はごついけど目が優しそうな人ね」

釣書を見ながら、

「背も高いから京子ちゃんには良いわね、それと趣味が柔道と釣りなんて、うちの家系にはいないタイプじゃないの。うちの敏なんか背は人並みだけど、ヒョロヒョロでしょ、本ばっか読んでいて、散歩もしないから筋肉が無いのね。それと四人兄弟っていうのが多分環さんは気に入ったのかもしれないわね。会ってみなければはっきりとした助言も出来ないけど、良縁じゃ

あないかしら。米子の人だし、うちのお父さんみたいにお互いの里が遠いと、食べ物や土地の習慣も違うしね、慣れるまで苦労するわよ。正子の紹介だから安心だけど、二人の気が合わなければしょうが無いから、一度会ってみたらいいと思うけど」

叔母の昭子は写真と釣書とを見ながら言った。

「そうね、私帰ったら出雲に電話するわ」

「ここから電話しなさいよ、私も代わるから」

と固定電話の子機を取って佐々木家に電話した。

「ああ姉さん、昭子です、ご無沙汰してます。具合はどうかしら、もう目の廻るの治ったかしら。忙しかったんじゃないの？　今京子ちゃんが写真と釣書を持って来て見せてもらったところなの。良さそうな人じゃないの、体格も良いし、環さんの望んでいる男兄弟四人だって。まあ、あとは人柄と何より京子ちゃんと相性が良いかは本人達次第だものね」

電話の向こうで和子が何か話していた。

「そうそう、それが一番よ、だってもうすぐ二十六にもなるものね。じゃあ京子ちゃんに代わるわ」

子機を渡されたが、京子が話をすることをみんな叔母が話したので、もう話も無かった。

「もしもし京子です。叔母さんも一度会ってみたらって言うし、私もそうしたいから、お母さんから正子叔母さんに話してくれるかしら」

「分かったわ。今も昭子と話してたんだけど、貴女ももうすぐ二十六になるんだし、子供が直ぐ出来るとはかぎらないしね。会って嫌なところが無ければ良縁としたものよ。じゃ、お婆ちゃんとお父さんにも話して今夜にでも正子に返事するから」

とゆうべよりしっかりした声で話をしていた。

「じゃあ皆に宜しくね。お母さん、風邪引かないでね」

電話を切って昭子に渡した。黙って電話を聞きながらテーブルの上の写真と釣書を見ていたひかりが、

「男らしくて良いじゃない。倒れてもお姫様だっこしてくれるわね」

と笑った。

「お兄ちゃんなんか絶対に出来ないわね」

とコーヒーを飲みながら、また笑った。ふと竜一郎がホテルの部屋に入る時に急に抱き上げられた事を思い出したので、京子は顔がこわばって笑うことが出来なかった。ひかりに、

「どうしたの」

と顔を覗きこまれて、

「ひかりちゃん、お兄さんをそんなふうに言わない方が良いわよ。敏さんだってきっと出来る

わよ」

と咎《とが》めるように言う事で自分の動揺を隠した。

叔母が京子の買ってきたエクレアとシュークリームをお皿に載せてキッチンから出て来た。

「何揉《も》めてるの。これお兄ちゃんに持って行って」

とひかりに持って来たお皿を渡した。

「京子ちゃんからよって言うのよ」

「は〜い」

とお盆にコーヒーと共にケーキのお皿を載せて二階へと上がって行った。一列にしか庭木が植えられない小さな庭に、クリスマスローズが何本か咲き始めていた。


二月に入ってから富裕子は何回か宮里にメールを送った。

「寒いですね。お元気ですか。またお暇のある時に『ボサノバ』にご一緒しませんか。こちらは何時でも宜しいです」

返ってくる返事は、

「すみません。今月に入ってから大きな仕事が入っていますので、また時間がある時に連絡します。失礼」

と、そっけないメールばかりだった。一日置きに尚子が掃除、洗濯等、身の回りの事をしに来て夕方帰って行った。富裕子は朝起きると近くの美容院で髪を結ってもらい、昼食を食べたり車で横浜の中華街に行ったりと、父理が死んでからは会社に顔を出す事もしなかったが、急に京子を思い出して珍しくラインをしたが、仕事中なのか返事が来なかったので仕方なく、

「ご無沙汰。時間がある時に会えないかしら。返事を待ってます」

とメールをしておいた。夕方、京子からメールが来た。

「寒いわね。お正月どうしているかと思っていたけど、私は五反田の叔母のインフルの看病でした。寒いから明日の六時で良かったら品川駅中の『アーモンド』で待っているけど、どうかしら。返事待」

と送られてきた。富裕子も急いで、

「了解」

とだけ返信した。

立春も過ぎたというのに寒さは厳しかった。マンションに富裕子が住むようになったので、亡き父理が玄関前の駐車スペースにアーチ形のサッシの屋根を付けてくれて、以前からあった椿を駐車場の奥に裏の窓の目隠し用に植え替えてくれたが、その椿がピンクの花をまだ咲かせ

ていた。富裕子は玄関に錠を掛けて、銀ギツネの大きな襟を付けた黒のカシミヤのコートを羽織り裾が車のドアの下にひっかからないように裾をたくし上げて運転席に座った。

「寒いなあ。エンジン掛けておけば良かったわ」

とブツブツと言いながら道路へと出た。品川駅まではすぐだった。何時ものように地下駐車場に車を入れて、駅へと向かった。少しロングのコートの裾が邪魔なので前をつまんでエスカレーターに乗り駅中の「アーモンド」に着いた。まだ京子は来ていなかった。中に入って、人の行き交うのが見える席にコートを脱いで座った。ウエイトレスがメニューと水をお盆に載せて持って来た。

「待ち合わせてるの。少し待って。寒いからホットの何かある？」

と言うと、メニューを持ち帰ろうとしていたウエイトレスが、メニューを開いて、

「ホットでしたら、コーヒー、紅茶、梅ジュース、ジンジャーエール」

と読み始めた。

「ホットのジンジャーエールを持って来て」

その長い解説につっけんどんな言い方で頼んだ。紙のナプキンに、

「寒いんだから温かいおしぼりくらい気が付かないのかしら。嫌ね」

とブツブツ言いながら持って来たジンジャーエールを一口飲んだ。店の入り口に京子が忙し

く現れ、富裕子を見て、

「待たせてごめんなさい。帰りがけに仕事が出来て急いだんだけど、あら二十分も遅れたわね」

と前の椅子にダウンコートを脱いで座った。

「何だか暮れから忙しくてね。成人の日には出雲に帰って来たのよ。もう、そろそろ出雲に帰ろうと思っているのよ。両親も大分歳だしね」

さっきのウエイトレスが水とメニューを持って来た。京子は見ないで、

「私、ペペロンチーノとホットコーヒーね。富裕子は何を頼んだの？」

「まだよ。寒くて温まってたの。私もペペロンチーノにするわ。それとココアね」

ウエイトレスが「ホットココアですか？」と聞くと、富裕子は大きな目でウエイトレスをジロッと睨んで、

「あたりまえでしょ!!」

ウエイトレスは黙ってさっきの注文書に追加で記入して、テーブルに無造作に置いて行った。

「何かあったの？」

と富裕子の不機嫌な顔を見て聞いた。

「あのウエイトレス、感じ悪」

と眉間に皺をため、京子の顔を見た。

「京子にだけ言うけど私、宮里さんが好きなのよ。でも彼はどうなのか分からなくて……。パパが死んで遺言書通りに株を分けて、この間、株主総会で兄が取締役社長にはなったんだけど、一番株を持っているし実の子供だからパパはそうなってほしかったと思うわ。義兄の山下は副社長に、パパの義弟の平林は専務になったんだけど、今まではパパの力が絶大だったからお人好しの兄も副社長としてやってこられたんだけど、姉の旦那の山下昭二は遣り手で、パパが娘と結婚させて身内にしたのよ。そのうちに山下がお人好しの兄に代わって社長にでもなりかねないのよ」

「でもお兄様は筆頭株主なんでしょ」

京子は、ペペロンチーノを食べながら聞いた。

「そうだけど、……これ辛いわね」

水を飲んで富裕子は話を続けた。

「だけど義叔父は六十七歳なのよ。辞める時に株を高く買うからなんて山下に言われたら兄と同じになるし、うちのように同族会社だと他に数人株を持っている人にも高く買うなんていったら逆転するしね。私の姉の旦那だけど、山下のこと嫌いなのよ。宮里さん弁護士だし、私と結婚して身内になったら彼が以前に言っていた弁護士事務所なんかパパに貰った財産で何とでもなるしね。宮里さんだって悪い話じゃあないと思うのよ」

と富裕子は水を飲みながら話した。

「そうなの？　私には貴女の家庭の事情は分からないけど、そんなに宮里さんが好きなら貴女からプロポーズしたらどうなの。今は男性からじゃなくても本当に愛しているなら、女性からプロポーズする人がいるらしいわよ」

富裕子は少しためらいながら、

「でも、宮里さん恋人がいるみたいなの」

と小声で言った。京子はあの宮里のなめるような眼差しを思い出して、心からは結婚に賛成出来なかった。

「まあ当たって砕けろよね」

とだけしか言えなかった。持って来られたコーヒーを飲みながら、

「そうそう、この間宮里さんにご馳走になった夜ね、私一人で新橋駅から帰るって別れたじゃない」

富裕子もあの夜の事は忘れられなかった。

「そうね。で、どうしたの？」

「鳥森神社の少し手前のビルの側に占い師のおばさんがいて私を呼ぶのよ。『貴女の後ろに黒

い影が付いている』ってね。気味が悪いじゃない」

富裕子もココアを飲む手を止めて、じっと京子を見た。

「それで？」

「椅子に座らされて、手相を見たりして、このお守りを持っていると災いを避けられるって言われて」

「買ったの!!」

「そう。一万円で買ったの。そしたらその占いのおばさん、まだそれだけでは心配だからこのお札も持ってなさいって『身代わり不動尊のお札』をすすめたから、それは五千円」

「買ったの!!」

「そう。肌身離さず持ってなさいって、これよ」

トートバッグの中の保険証等を入れているチャックの付いた袋から出して見せた。富裕子は手に取って、

「貴方もお人好しね。脅かされたのよ。私だったら、さっさと帰って来るわ。背中に何が付いていようがおかまい無くって言ってやるわ。勿体なかったわね」

とゲラゲラ笑った。

「だって、その手相見のおばさん、京子みたいな人五人も掴まえてお守り売ったら一晩で……

七万五千円になるのよ。十日もしたら七十五万円になるのよ。税金なんか払わなくてね。良い儲けじゃないの」

とニヤニヤしながら、

「でも見た目より重いのね」

と言って京子に返した。言われれば本当に自分の背中に黒い影が付いていたかは見てなかったけど、人相や手相をじっくりと見て、言われた事が何か自分に当てはまることもあるような気がして、恐ろしさもあってかお守りとお札を買ったが、このお守りが自分の近くにある事で得体の知れない不安から解き放たれていく気がするので、富裕子のように一笑に付す事も出来なかった。

「そうね、騙《だま》されたかもしれないけど、何か安心感があるのよ。それで良いわ」

とニッコリと笑って返されたお守りを貴重品入れに入れて、またトートバッグにそっと入れた。

「話がまた戻るけど、私の方から積極的にアプローチしてみようかな。事務所の事も一緒に話して、女を取るか宮里弁護士事務所を取るかね。そうするわ。それで京子はやっぱり出雲に帰るの？」

京子は富裕子の打算的な考え方には付いていけない気がした。

高校時代は生年月日が同じという事で仲良くなったけど、こうしてお互いに成人になって長く付き合っているうちに考え方の相違が大分あると感じていた。

「ええ、そろそろ出雲に帰ろうと思っているのよ。祖母の環さんも両親も随分歳を取ってきたしね。木材店といっても十五、六人程の従業員だけど、外国の材木に圧されて、今は加工場まで造って何とか会社も黒字のようだけど、これも父の企業努力があっての事らしいし、今後は仕事も多様化するし、無口な父がこぼしてたの。若い人のコンピューター脳が欲しいんじゃないの。外国と取引するには英語も必要だしね。だからこの夏までには帰る予定よ」

「ふ〜ん。それでお婿さん取るの。うちの会社、絶対に義兄になんかに乗っ取られたくないわ。彼にアプローチして、彼の心を私の方に向けるように頑張るわ」

「もうこんな時間なのね。そろそろ帰らないこと。二人共待っている人もいない侘しい生活だけど」

京子はわざとふざけて立ち上がった。

「私来た時はすごく寒かったけど、辛いペペロンチーノのお陰で温かくなったわ。エアコン付けたままだから部屋はぬくぬくよ」

富裕子は銀ギツネの毛の付いたロングコートを羽織って、

「私が呼んだんだから私が払うわ」

と伝票を持ってレジに行った。

白金台に帰ると車を駐車場に入れて座席に置いたコートとバッグを持って部屋に入った。暖かな部屋には電気が皓々と点いていた。

富裕子は冷蔵庫から缶ビールを出してソファに無造作に座り、冷たいビールを飲みながらテレビを点けた。

「テレビってニュースや情報番組ばっかりで面白くないわね」

と次々とチャンネルを替えて、下着のコマーシャルを見始めた。自分の脇やお腹を抓み、

「この下着、良さそうね」

と電話番号や商品番号をメモした。

「明日の朝エステに行って、全身マッサージしてペティキュアも手と同じように全部違う色に塗ってもらうわ。美しくならねば……」

と飲みかけの缶ビールを高々と上げて、一人乾杯した。

早朝に行きつけのエステサロンに予約の電話をして、ミドリ色のモヘアのワンピースを着て白に花柄のスカーフを首に巻いて車で青山まで出掛けた。髪をセットしてもらい、マニキュア

とペティキュアを色とりどりに塗ってもらうと心がわくわくしてきた。

四時過ぎに宮里にメールを送ってみた。

「しばらくね。忙しそうだから少し遠慮していたのよ。和樹さん、会えるかしら。私貴男に会いたくて、駄目？」

珍しく宮里から電話が掛かってきた。

「何回もメール貰ってたのにすみませんでした。やっと仕事が一段落したので。何か用があったんですか？」

富裕子は急に言われ、声が出なかった。

「そうだ、もうすぐお誕生日ですよね。良かったら富裕子さんと京子さんの誕生祝いをしたいですね。東京駅丸の内にあるホテルを予約しますよ。どうですか」

「まあ嬉しいわ、京子にも電話して聞いてみますわね。明日にでもお返事しますけど、メールの方が宜しいかしら」

京子も？　と思いながらも、まずは一歩近づいたと思って浮き浮きした声で話した。

「電話は仕事中だとまずいからメールを送っておいて下さい。僕も楽しみですよ」

宮里の打ち解けた声に自分の思いがまた一歩進んだような手応えを感じた。

食事も終わりお風呂に入ってから読み掛けの本を広げた時に、富裕子から電話があった。

「夜にごめんね。昨日和樹さん、ほら宮里さんから電話があったのよ。以心伝心かしらね。三月三日に丸の内にあるホテルを予約するから富裕子さんと京子さんと三人で誕生祝いをしたいって言ってきたのよ。やっぱり思うと思われるのかな。嬉しくてね。行くでしょ」

京子は宮里に会うのもあまり気がすすまなかったが、富裕子の上擦った声に、

「まあ今のところ何の予定もないし、いいわよ」

「嬉しい事に土曜日じゃないの。早めに出てホテルでショッピングしたいのよ。付き合ってくれない」

まあもう少しで出雲に帰るんだからと思って承諾した。

「じゃあ和樹さんに時間聞いて、また夜電話するわね」

と旋風のごとき電話が切れた。

もう十時近くになっていて、もう少しで本も読み終わるところだったので、一気に読み終えた。目を閉じて今読んでいた、第二次世界大戦の終戦がどのようであったのかを考えた。史実に基づいて書かれたのだから、祖母も事実は分からず生きてきたのだろうし、全く戦争の事は聞いた事が無いけれど、中国山脈を越えた広島では原爆を落とされて、山を越えて避難をして来た人がいた事は祖母に聞いたことがある。自分の今の生活ではどう考えても窺い知ることは

出来なかったが、黒い影とは、こういうものかと恐ろしい気がした。もう少しと思って一気に読んだのにもう十二時になっていたのでベッドに入って電気を消すと、すぐに眠りに就いた。

富裕子は宮里にメールを入れた。

「京子も私も伺えます。とても、とても楽しみにしています。どこに何時伺えば宜しいでしょうか。お返事をお待ちしております（ハートマーク）」

これで良かったわ。和樹さんは京子が好きみたいだけど、彼女は近々出雲に帰るということを言えば和樹は私を取るに決まってる。会った時に京子の口からはっきりと出雲の家を継ぐ事を言わせなくちゃ。そして、それとなく弁護士事務所の事を匂わさないと、などと三日に会う時のシナリオを考えてベッドにもぐった。

次の日、宮里からメールが入った。

「昨日は遅くなったので失礼しました。三日にディナーをと思いまして予約をしました。お堀の側の『ブラザーズホテル』六時ですので、ホテルのラウンジで十分前くらいに待っています」

富裕子は、あと四日で宮里に会えると、わくわくしながら京子にメールをした。

「三日『ブラザーズホテル』で六時のディナーを予約したそう。楽しみだわ。二時にホテルで会いたいわ。どうかしら」

スマホのボリュームを上げてガウンのポケットに入れて持ち歩いていたが、なかなか返信が無いのでもう一度さっきのメールのまま再送信した。夕方、やっと京子からメールが入った。

「分かりました。二時までにラウンジに行きます。ではその時に」

との返信にホッと胸をなで下ろした。

富裕子は寝室の壁面いっぱいに作られたクローゼットの中を見て洋服選びを始めた。和樹に京子より私が美しいと思わせないと、と香港に行ったとき特注で作った赤に黒の花柄のチャイナドレスを鏡の前で着てみた。本場で作ったものでウエストはあまり締めずに裾は足の付け根までスリットされ、首の短い富裕子に似合うようにカラーは短めに、襟元から斜めに閉められた布のボタンでバストが高めに作られている。胸から少し下にさがる三重の真珠を掛けてみた。

「うーん、いけるわね」

とクラッチバッグとピンヒールを選んで、三日は午前中にエステに行こうと思い、これならいくら京子が美人だって負けないわ、と自信が溢れてきた。

二日は朝から霧のような春雨が降っていた。この春は平年より少し暖かいのか、マンションの窓から見える隣の庭の紅梅が咲き始め、小鳥が飛んで来て花芽をついばんでいる。京子は銀行に出掛ける支度をした。天気予報で東京は一日弱い雨が降ると言っていたので、防水された靴を履き傘を持ってマンションを出た。

何時ものように業務を終えて帰る時に桜子からのメールが入った。

「お元気、春雨ね。座間のお爺様の命日が三月七日で十三回忌なので、彼の車で山形のお墓参りに座間の両親と一緒に土、日を利用して行って来ます。以前、許嫁だった時に実家の方とはお目に掛かった事はあっても挨拶もしなかったけど、正式に婚約したので、そのご挨拶も兼ねてです。貴女の助言で今日があります。ありがとう。ではご機嫌よう」

早速、返信した。

「良かったですね。もうすっかり座間様の家族になって、貴女のご両親も安心しているでしょうね。貴女の努力のおかげでしょうね。まだお会いした事が無いですが、登さんに宜しく。行ってらっしゃい」

まずは良かったとスマホをトートバッグに入れて銀行の通用口から出た。

部屋のドアを開けて濡れた傘を広げて、玄関に置いてあるボロ布でざっと拭いてそのまま狭いたたきに置いた。

「今夜で二十五歳ともお別れね」

洗面台の鏡に映った顔を見て笑顔を作って見た。しとしとと降る雨がベランダの鉢を濡らしているのを見て、

「環さんが芽起こしの雨って言ったわね」

と独り言を言って厚いカーテンを閉めた。

明日は富裕子と二時の約束だし、何時も九時から見ているサスペンスドラマを見始めたが、ドラマの途中からうたた寝をしたらしく、ドラマは終わって十一時半にもなっていた。急いでお風呂に入りベッドにもぐり込んだ。


京子は薄暗い中を歩いている。ここはどこ？　高い所なのか下に明かりが見える。誰かが側にいるのか、ここは歩道橋かな？

誰か男性に抱かれたような……誰かしら。

ふと顔を上げて見た。薄暗い中、自分の目の前に宮里の大きな顔があった。

宮里の顔が声も無く大きな口を開けてニヤリと笑って京子の足を蹴った。

キャーと叫んで、京子は歩道橋の階段から落ちていった。

自分の叫び声に京子は飛び起きた。

体が小刻みに震えていた。

「何なの、今の夢」

心臓がドキドキしている。電気を点けて、

「怖かった!!　夢で良かったわ」

よろつきながらベッドから出て飲みかけの湯呑みのお茶を一気に飲んで、時計を見ると五時十分、目を瞑ると、あのニヤリと笑った宮里が思い出されて寝る事が出来なかった。

毛布を持って来てソファに横になりテレビを点けてお笑いのような番組を見ているうちに、またうとうと眠ったようだ。目が覚めたら八時になっていた。でも何であんな気味の悪い夢を見たのかと思いながら、宮里が招待してくれる誕生祝いには行く気がしなくなった。

朝寝坊の富裕子には九時を過ぎないとメールも電話も出来ないので、朝食を食べて九時になったので電話をした。

「お早う。少し風邪かしら、頭が痛いのよ。楽しみにしていたのに行けないわ。宮里さんにお詫びしておいてね。ごめんなさい」

「嫌だ〜、ショッピングしてから宮里さんがお祝いしてくれるの楽しみにしていたのに。出れない程頭が痛いの？　薬飲んだ？　兎も角、予約してあるって言ってたから、六時までには来れない？」

京子は何と言って断ろうかと思ったが、宮里の顔は当分見たくないので、

「さっき薬飲んだけど吐き気もしているから、予約をキャンセルするなら早い方が良いと思って。ごめんなさい。今日と明日ゆっくり寝れば良くなると思うから、お詫びしておいてね。ごめんなさいね」

富裕子がブツブツ言っているのを聞こえない振りして無理に電話を切った。

京子はホッとして、洗濯を始めた。昨日のそぼ降る雨は夜中に上がったのか、からりとした晴天になっていて、ベランダの竿にまだ雨粒がキラキラしているのを見ながら、朝方の気味の悪い夢を追い出すように、深呼吸して大きく背伸びをした。

「このお天気が私へのお誕生日祝いね」

と独り言を言いながら竿を拭いた。部屋のテーブルの上にあるスマホが鳴ったので、富裕子でないのを確認して出た。

「岡山の正子叔母さんですよ。お早う。お誕生日おめでとう。実はね、この間出雲からの電話で京子ちゃんが松下翔太さんと会ってみたいって言っているのを聞いたから、直ぐに米子にいる友達に電話したのよ。そうしたら松下さんも気乗りしていて会いたいって言ってきたそうなのよ。友達、富成さんていうんだけど、急な事だけど、今日一泊で岡山に来たいっていうのよ。

京子ちゃん、来られないかしら。私に任せるって姉さんも言っていたし、本当に急なことだけど、新幹線に乗れば品川からだから三時間くらいで来られるじゃないの」

京子は急なことでびっくりしたが、折角出て来られるというのなら、今朝の夢も忘れたいし叔母のためにも行った方が良いと思った。

「急だけど、今、何時かしら」

部屋の掛け時計を見た。十時少し過ぎだった。

「分かったわ。急いで仕度しても新幹線に乗るのは十二時過ぎるから、叔母さんの家までだと四時頃になるかもしれないわ」

「富成さん達、車で午後一で出ると言っていたから、兎も角、新幹線に乗ったら何時に着くか教えてくれれば、そう、メールの方が良いわね。この頃、時間聞いても直ぐ忘れるから。フフ」

と笑いながら、

「そんなに急がなくても良いわよ。そのかわり富成さんも親戚があるからそこに泊まれば日曜日もゆっくり出来るって言ってたから、京子ちゃんもうちに泊まれば良いからね。それより綺麗にしていらっしゃいね」

「分かったわ。じゃあ少し遅くなるかもしれないけど、新幹線に乗ったら何時着かメールするから叔母さんもどこで待っているか、メールちょうだいね」

「じゃあ待っているわね。そう、五反田と出雲には私から電話しておくからね。待ってま〜す」

嬉しそうな声で電話が切れた。京子は洗濯が終わるまでに着る物を用意したり、少し大きめなバッグを出して化粧道具や一泊の為の最小限の物を入れ、他に小さめなショルダーに財布や貴重品入れ等を入れたりして急いで仕度をした。そして洗濯物を部屋に干したあと、お化粧をしてからクローゼットの中を見て何を着て行こうかと考えた。一生、表の顔だけでは生活していけないのだから、あまり飾り立てた服装に好印象を持たれる人よりも、失礼にならない程度な服装で自分を見てくれる人のほうが、将来夫婦となって生活を共にしていく人としては良いと思った。クローゼットから紺のスカートに紺の襟を付けたセパレーツの服を出して、中に薄いブルーのブラウスを着て、環さんから貰った小さな青瑪瑙のペンダントをした。敢えてイヤリングを止め、戸締まりをして、黒のパンプスを履くと通勤用のコートを着て出掛けた。

品川駅から十一時五十七分発の「のぞみ」に乗れた。席に着くと早速、正子叔母にメールをした。「今のぞみに乗れました。岡山着十五時十四分です」

直ぐに叔母から返信があった。

「分かった。駅まで車で迎えに行きます。富成さん達とは夕食を一緒にすることになったので、それまで家に帰っていましょう。和食のお店の個室を六時に予約してあるから。着いたら、またメール下さい」

続いて、またメールが入った。

「岡山駅南口の桃太郎像の近くにいて下さい。車を止められる所を見つけて待ってます。またメールします」

以前、一度桃太郎像の前を通った事があるので場所は分かった。

桃太郎像の側で待っていると、

「来たわね」

と叔母が駆けて来た。

「直ぐそこの駐車場に車を置いてあるのよ。急な事だったけど、よく来たわね。富成さん達もご親戚の家に着かれたと電話があったから」

時計を見て、

「まだ大分時間があるから、一度家に行って荷物を置いて一息入れましょうね。それで着替えれば良いわ」

と京子の背中を叩いた。

「叔母さん、お世話になります。出雲の両親もとても喜んでいて、特に環さんが喜んでいると言ってたし、五反田の昭子叔母さんも写真を見て一度会ったらって言ってもらえたので、ありがとうございます」

「まあ、そんな堅苦しい挨拶は止めようよ」

と言って駐車場の車に京子を乗せ、家に帰った。

「今お茶淹れるから」

「これ品川駅から買って来たお菓子だけど、私も食べた事無いから、どうかしら」

「あらご馳走様。気を遣わせたわね」

と久し振りに会った叔母と話が弾んでいたが、

「彼方をお待たせしても悪いから、そろそろ仕度をして出掛けようかしらね。富成さん達も米子から松下さんの車で来るって言ってたわ。二時間程、岡山の親戚の家で休んでから、『椿の里』っていう日本料理のお店で食事なの。全国チェーンのお店じゃないかしら。東京にもあるでしょう」

叔母はテーブルの上を片付けながら聞いた。

「私達、何時も中華とかフランス料理のお店に行く事が多いから。でも東京にもあるかもしれないわね」

叔母はテーブルの上にメモを書いたのを置いた。

「何なの」

と聞くと、

「今夜出掛ける事は言ってあるけど、お父さんも正義も忘れるから、カレーが作ってあるって書いたのよ。何時も出掛ける時はカレーなの。簡単でしょ」

と笑いながら言った。

「私も着替えれば出れるわよ。京子ちゃんは？」

と聞かれ、

「私は、このままよ」

叔母がちょっと驚いた顔をして、

「まあ、京子ちゃんは何を着てもスマートで美人だけど、もう少し派手でも良かったんじゃないの……。せめてイヤリングやそのペンダントを華やかなのにすれば良いんじゃないの？持って来てないの？」

と聞かれ、京子は自分の考えを話した。叔母はじっと京子の顔を見ていて、

「やっぱり環さんが後継ぎにって言ってた訳が分かったわ。貴女の言う通りね。長く一緒に暮

らすんだもの、私なんかスッピンの日が多いわ。うん、分かったわ。京子ちゃんの地味な格好で二の足踏むような男だったらこっちから願い下げよね。私も少し地味なの着て行くわ」

京子は叔母に分かってもらってホッとした。

正子の運転で「椿の里」に着いたのは五時四十分くらいだった。女中さんが部屋に案内し、

「お連れ様はまだですので、お着きになられましたらご案内致します」

と言って襖を閉めた。八畳程の畳の部屋で、高めな床の間のような所に椿の絵の額が掛かり、前に小さな松の盆栽が花台の上に置かれて、テーブル席になっていた。荷物置きなのか蓋の付いた低いサイドテーブルのような物入れが席の側に一つずつ置かれてあった。正子達は一応出入り口の側の席に座った。六時少し過ぎに、

「お着きです」

と女中が襖を開けた。賑やかな声で、

「ごめんなさいね。お待たせしてしまって……。道に迷っちゃってね」

とにこやかな富成静子が入って来た。後ろから背の高い、肩幅の広い松下翔太が鴨居を潜るように入って来た。京子は一瞬、体格に似合わない少年のような顔に可笑しさを感じた。

正子達も席を立って、

「久し振りだこと。この度はお世話になって」

静子に言って、叔母は翔太の方を向くと、

「暫くですわね、また一段と背が高くなられて。改めまして、岡山に住んでおります小川正子です。これは姪の佐々木京子でございます。宜しくお願い致します」

立ったままで挨拶をした。

「まぁまぁ京子さんですか。お聞きでしょうが、正子さんとは古い友達でしてね。富成静子といいます。まあ名前は静子ですが、賑やかが取り柄で」

笑いながら、後ろに固まったように立っている翔太を見て、

「この子が私の兄夫婦の息子で松下翔太です。今後共宜しくお願いします」

翔太も黙って頭を下げたが、その不器用なお辞儀の仕方に、女姉妹で育ってきた京子はかえって新鮮さを感じた。椅子に座ってからは久し振りに親友と会った嬉しさもあってか、静子は暫く、正子と二人でお喋りをしていたが、会席膳が出始めると急に話が京子へと向いてきて、

「正子さん、写真で拝見してたけど、本当に貴女とは違って綺麗なお嬢様だことね」

と、つくづくと京子を見た。

「貴女と違っては余計じゃないの」

と二人賑やかに笑って、正子は翔太に、

「翔太さん、お宅は四人兄弟でしたわね。実家の佐々木は祖母と姉が婿取りで、姉がまた四人

女の子でね。まったく雰囲気が違うと思うんですよ。今後共宜しくお願いしますね」

翔太は急に箸を置いて、

「不作法者ですが宜しくお願い致します」

と体と同じ太い声で初めて口を開いた。

食事をしながら正子と静子は間を持たせるように話をしていたが、翔太と京子は黙って何となく相手を意識しながら食事をしていた。

最後になって、お菓子と薄茶が出た。

「京子さん、茶道を習っていらっしゃるそうですね」

静子が聞いた。

「はい、祖母に連れられまして松江のお茶の先生に行ったりしてましたが、東京に出ましてからは学生時代に習ってましたけど、お勤めをするようになってからは行けなくなりましたので、今は年一、二回お友達のお茶会に行くくらいですの」

翔太がじっと京子を見て頷いた。

「この翔太も柔道を子供の頃からしてましまして、県代表で全国大会に出た事もあるんですよ。道と付くものはよろしいですね」

と京子に言いながら、

「正子さん、今日はもう大分遅いので、明日、京子さんと翔太でどこかに行ったらと思うけど、どうかしら」

正子も願ってても無いことと同調した。

「翔太が米子から車で来てますからね」

静子は翔太の顔を見た。翔太は緊張しているようで、

「はい、そうします。良いでしょうか」

と京子の顔を見た。

「お願い致します」

京子は静かに顔を下げた。静子はにっこり笑って、

「まあこれで良かったわ。では明日、貴女の家に私も一緒に行くわね。翔太、京子さんを乗せてどこかに行きなさいよ。調べてきたんでしょ。京子さん、宜しくお願いしますね。正子さん、良かったらゆっくり話をしましょうよ。ご主人いらっしゃるんでしょ。久し振りですものお会いしたいわ」

静子は嬉しそうに話を纏めた。

京子はその夜、帰ってから久し振りに小川家の人達と話が出来たし、従兄弟で二歳年下の正義とも話が出来た。自分が高校に入るために東京に行く途中、母と一緒に小川家に寄った時は

中一で野球部に入っているといって丸刈りの子供だったのが、今は父親と同じく商社に勤めていて、あの少年の高い声から当然ながらすっかり大人になっているのに時の流れを不思議に思ったが、義叔父から、

「京子ちゃんも、もう結婚するんだね。正子が友達に写真を送ったりしているのを見て、時の経つのは早いもんだとつくづく思ったよ。この前会った時は高校に入るって寄ったのにね」

と京子が思っていた事と同じ事を言ったので思わず吹き出してしまった。

「義叔父さん、私も正義君を見て同じ事を思っていたのよ」

正子もキッチンから顔を出して、

「本当ね。私達も歳を取るはずよね」

和やかな家族の会話に、自分もこんな家庭が築ける人と結婚したいと思った。

翌朝九時頃、富成さんから叔母に電話があった。

「もしもし、昨日はご馳走様になりましてありがとうございました。多分十時頃お宅に行けると思いますので、今日は宜しくお願いしますね。あの子初めてのデートだと思うので……、京子さんにお伝え下さいね」

と切れた。日曜なので叔母達も何時もより少し遅い朝食のようだった。義叔父はパジャマのまま起きて来て、

「京子ちゃん、寝れたかな」

と聞きながら椅子に座って、老眼鏡を掛けて新聞を読み始めた。二階から落ちそうな音を立てて正義が降りて来て、京子がいるのに気が付いたのか急にスリッパの音が小さくなって居間に入って来た。京子を見て、

「お早う」

とにっこり笑って、

「母さん急ぐんだよ。パンは焼けた？」

キッチンに声を掛けながら入っていった。

「正義は第一と第三日曜日は近くの子供野球のコーチをしているんでね。早く起きればいいのに、何時もバタバタしてるんだよ」

義叔父は笑いながら京子に言って、

「おい、遅れるぞ」

とキッチンに声を掛けた。

京子は昨日と同じ服装だが、ブラウスの襟を立てて年末に買ったストールをツーピースの上着の襟に添うようにして、胸元に真珠のブローチを付けてストールを止めた。叔母が、

「遅くなるといけないから、岡山駅までスーツケースを持って行くから電話ちょうだいね」

と言ってくれた。十時少し前に富成達が車で来た。京子は挨拶もそこそこに翔太の運転する車の助手席に乗った。

「今日は宜しくお願い致します」

とシートベルトをしてから翔太の顔を見て挨拶をしたが、翔太は緊張しているのか、唾を呑み込みながら、

「はあ、こちらこそ」

とハンドルを握って前方を向いたまま頭を下げた。少し走り出してから、

「倉敷に行きたいと思いますが、行かれたことありますか？」

「いいえ、私岡山は叔母の所に来たくらいですので、松下さんのお考えの所で結構ですわ。お任せします」

翔太も、

「いやあ僕も初めてですけど、倉敷は町並みも良いし、大原美術館や博物館もあるそうですが、美術館お好きですか？」

やっと、ちらっと京子を見て聞いた。

「はい、好きです。日本画も油絵も彫刻や焼物も、少し欲張りな言い方ですわね」

笑いながら言うと、翔太も笑いながら、

「僕は好きとか嫌いとかではなくて、自分の生活にあまり関係なかったので分からないです」

と恥ずかしそうに頭を掻いた。少し渋滞していたが一時間程で倉敷の町に入り、倉敷美観地区の近くの駐車場に車を停めて、二人共初めて来た美観地区をスマホを見ながら歩いた。

「素敵な所ですわね。空の青さとこの……倉敷川に映る柳のみどりと白壁の、これ『なまこ壁』というんでしょ。川面に映えて、こんなに素敵な所とは思いませんでしたわ」

日曜日なので観光客が大勢散歩している中を二人は歩いた。お昼になり翔太がスマホで見つけた本格的なピッツァのお店に行こうということになって、地図の通り歩いた。川畔エリアに、なまこ壁や格子窓の町家の中に溶け込むようにそのお店はあった。中庭があり、周りの建物から庭が見えるような開放的な場所で、ピッツァと季節の野菜のドリンクの付いたランチを頼んだ。

「大分歩いたから疲れたんじゃないですか」

と翔太は京子を気遣ってくれて、初めてお互いが正面から向き合って話した。

「いいえ、大丈夫ですわ。結構歩き慣れていますし、私歩くのが大好きなんです。松下さんはご趣味が柔道と海釣りとお聞きしましたけど、柔道は今でもなさっているんですの？」

少し間を置いてから、

「今は仕事優先ですから、たまに道場で受け身の仕方を指導したりで、まあ本当の趣味でしょうか」

と翔太は言って、にっこり笑った。京子は、この無骨で目尻の下がっていて笑った顔に何とも言えない優しさに包まれるような気がした。

出て来たピッツァを、

「本格的な窯で焼いているようですね。うまそうだな、頂きます」

と言って大きな手で無造作に口に運びドリンクも飲んで、間を置かずに食べる翔太を見て少し驚いた。女の姉妹で育ったせいか、食事は何時も味わうように一口大に切ったりして食べるのが常の事だったが、あっと言う間に食事を終えて、紙ナプキンで口の周りを拭いている翔太の食べ方に見とれていた。

「ピッツァお嫌いでしたか？」

翔太は京子がまだ半分も食べていないのを見て怪訝そうな顔で聞いた。

「いいえ。ピッツァ大好物ですわ。私食べるのが遅くてすみません」

「そうですか、良かった。自分が好きなので勝手にこの店に決めたので、え〜どうも腹が減っていたのか、ピッツァだけでももう一枚頼みます。京子さんは一枚だけで良いですか」

「ええ、私は十分です」

と答えながら可笑しくなった。

「柔道をなさるとお腹が空くんでしょうね」

「今はさほどに食べませんが、高校や大学の時は十時に通学途中のパン屋で買ったパンを二個と五〇〇ccの牛乳を飲んで、昼は弁当か学食、練習の前は食べませんが、家に帰る途中、ラーメン屋で金がある時はギョーザとラーメン食べて、金欠の時はラーメンとソースライスを食べるんで一日中食べてましたので、早食いになってしまって。母に僕が食べている顔は敵討《かたき》ちをしているようだと言われました。ハハハ」

と大笑いした。京子も釣られて笑いながら、

「ソースライスって何ですか？」

「いやあ、ライスだけ注文してテーブルにあるソースを掛けて、ラーメンがおかずってとこですよ」

その磊落な笑顔を見ていると心が和むような気持ちになった。

「京子さん達はそんなに食べないんですか。家は男ばかりで父を入れると五人が男ですから、母は休みの日は朝から晩まで食事作りだってボヤいてました。家は果樹園をしていて、家で食べるだけの野菜を作っていますのでよく食べます」

と嬉しそうに笑って、ピッツァをもりもり食べて口の周りを拭いた。

遅い昼食の後、大原美術館に入り、無口になった翔太を見ると真剣に美術品を見ているので

京子は後ろを歩いていた。表に出てから時計を見て、

「あっ、こんな時間になっていたんですね。でも一カ所だけ寄っていいですか？」

と言って、またスマホを見て、きび団子を売っている店に寄った。翔太は五反田と岡山の叔母さんにといって買ったきび団子を京子に手渡してくれた。

「ありがとうございます。私も富成さんに買いたいです」

と言うと、

「や、それも買いますから心配しないで良いですよ。三十分程お茶飲みませんか。僕、きび団子が食べたいんですが、付き合ってくれますか？」

京子は新幹線の指定席も買ってないし、家に帰るのが少し遅れても大丈夫と思い、

「ええ、私も喉が渇きましたわ」

とお店の中に三つ程テーブルがあって喫茶店のようになっている所に、二人で座った。

「僕、実はアルコールは苦手ですが、甘い物には目がないんです」

笑いながら、

「京子さんは甘い物お好きですか？」

と壁に掛かっている何種類もないメニューを見ながら聞いた。

「私も好きですけど」

メニューを見上げながら、きび団子を二個と緑茶を指差した。

「あ、僕はきび団子五個にします」

と言って京子の顔を見て、

「すみません」

とニタッと笑って頭を掻いた。

駐車場に着いた時は五時を廻っていた。

京子は叔母が岡山駅まで荷物を持って来てくれる事を翔太に話して、叔母に電話をした。

「岡山駅の桃太郎の像の近くで叔母達が待っていると言っていましたので、そちらに行きたいです」

翔太に伝えると、翔太はスマホで確認して走り出した。

駅の近くで車を止めた翔太が、

「僕、今日は興奮気味で喋り過ぎました。すみません。あのー、今度東京に伺っても良いでしょうか。アドレスを教えてもらえますか？」

自分のスマホを出した。京子も、

「是非、お待ちしておりますわ」

とスマホを出してアドレスを交換した。

「やあ〜、嬉しいです。今日は本当に楽しくて何だか余計な事まで話したようで、すみません。三月の末とか四月の始め頃の土曜か日曜、空いている日を教えて下さい。僕の方は何の予定もないですから。待ってます」

と言って、赤い顔をして京子を見た。

「分かりました。では必ずメール致しますね。今日はご馳走様になりましたのに叔母達にまでお心遣い下さいましてありがとうございました。私もとても楽しかったですわ」

翔太の顔が嬉しそうに綻んだ。待ち合わせの近くに来て叔母に電話をすると近くにいたのか、直ぐに来た。義叔父が運転して叔母と富成さんは後部座席でお喋りをしていたようで、二人で降りて来た。翔太は車から降りて運転席の義叔父に近づくと、義叔父も車を降りて挨拶をして何やら話をして、また頭を下げて戻って来て、叔母の正子に、

「今日は京子さんと一緒でとても楽しかったです。遅くなってすみません」

と、また頭を掻いた。京子が、

「これ松下さんから叔母さんに買って下さったのよ。五反田にも」

ときび団子を渡した。

「まあ、すみませんね。ご馳走様です。では、またお会いしましょうね」

と言って、京子にボストンバッグを渡した。

富成静子も久し振りに会った正子に名残おしそうに手を振って、お互いの車に乗った。

翔太が、

「ホームまで送らないですみません。じゃあメール待ってます」

車の窓を下におろして頭を下げた。

京子も駅の側なので手を振って、二台の車と別れて新幹線の改札に向かった。

富裕子は、京子が来られないという突然の電話に躊躇《ちゅうちょ》したが、どうせ宮里は京子に会いたいから誕生祝いを言ってきたのだろうけど、京子自身から風邪で来られないと言ってきたのを午後の事にすれば、私一人だからといって、ディナーを取り消すことが出来なければ、私にとっては一対一の方が好都合だと思った。

セクシーに装って、今夜は宮里とホテルに泊まる事も出来ると思い、六時に向けてエステに行って全身オイルマッサージをして……と考えると心が昂揚してきた。「今日は最高な誕生日になるわぁ。こんなについている日はそんなにないわね」。洗面所の鏡に向かってニッコリ笑ってみた。富裕子は出来るかぎりに飾り立てて、マンションの玄関先に停めてある真っ赤なポルシェに乗り込んでホテルへと向かった。ホテルの正面玄関で降りると、ドアボーイが配車係に手で合図してドアを開けてくれた。ラウンジを見て「少し早かったのね」と、富裕子は近くのソファに腰掛けて、肉付きの良い体を斜にかまえて、エントランスから見えるようにポーズを取った。暫くして宮里が入って来た。グレーに細い白い縞の渋い背広に、エンジにウコンの琉球更紗のネクタイをして、直ぐに富裕子を見つけた。

「お待たせしましたか。タクシーがなかなか掴まらなくて。佐々木さんは？」

と辺りを見廻した。富裕子は立ち上がって、

「ごめんなさいね。折角二人の誕生祝いをして下さるっておっしゃったのに、京子が風邪で寝込んでるそうなんです。和樹さんにお電話をしようと思ったんですけど、連絡が遅かったので、もう取り消しが出来ないんじゃないかと思ったので、私だけでもお会いしてお詫びしようと思いましたのよ。京子もとても残念がっていましたし、宮里さんにくれぐれもお詫びを言ってほしいとのことで、本当にすみません」

和樹の手を両手で包むように取って、首をかしげながら甘ったるい声で言った。

「そうですか。それは本当に残念でしたね。お二人揃ってお祝い出来たら、この前のレストランのお詫びがしたかったんですよ。でも富裕子さん、素晴らしいチャイナドレスですね。日本でオーダーなさったんじゃあないでしょう？」

「ええ、以前兄と香港に行きました時に作りましたのよ。お気に召して下さって嬉しいですわ。

父が亡くなりましてからこのような所には来られませんでしたから、場所柄、ちょっと派手かと思ったんですけど」

と言って、置いてあった黒のクロコダイルのクラッチバッグを持った。

「では参りましょうか。二人でも楽しいですわ」

動いた時に香水の香りが和樹の体にまとわり付いた。

「腕組んで宜しいかしら」

和樹の腕につかまり、自分の乳房のあたりに肘が当たるようにして和樹の陰になるように歩いた。


「ご馳走様でした。とても上品なお料理で京子は残念でしたわね。折角和樹さんのお心遣いでしたのに」

富裕子は体を前に出して小声で囁いた。

「今夜はお仕事無いんでしょ」

「ええ、今夜はお二人を楽しくお祝いしようと思いましたので」

「だったら場所を変えてバーで飲みませんこと。もう少しワインを頂きたいんですけど。まあ、私としたことが厚かましいですわね。京子がいたら叱られますわ」

和樹を流し目で見ながら首を竦めた。

「富裕子さんさえ良かったら、もう少し飲みましょうか」

二人は立ち上がり角の方にあるバーに向かった。富裕子はその太った体を和樹にもたれ掛かるように東南アジアへ父親と仕事で行った時の話等をしながらワインを飲んだ。一時間程して、

「そろそろ帰りますか」

和樹が立ち上がった時、

「あ～どうしたのかしら、目が廻るわ。どうしましょう」

と富裕子がバッグを落として和樹にすがった。

慌てて椅子に腰掛けさせて、

「すみません。冷たい水頂けますか」

和樹はボーイに頼み、氷水を富裕子に飲ませて、

「どうかな、大丈夫？」

富裕子の顔を覗き込んだ。富裕子は大きく溜め息をつき、か細い声で、

「いえ、ごめんなさいね。私がお誘いしておいて、こんなこと初めてよ。お部屋が取れたら少し休みたいけど、ウー、吐き気もするんです。お部屋を頼んでみて下さるかしら」

和樹は慌ててボーイから電話を借りて、フロントに電話した。

「富裕子さん、部屋が取れましたよ。歩けますか。僕の肩に掴まって、大丈夫ですか。エレベーターはすぐそこですよ」

と言いながら、よろける富裕子を六階の部屋に連れて行った。ボーイが部屋のカードを持って待っていて、戸を開けて中に入った。宮里はボーイにチップを渡して、ソファにもたれている富裕子にピッチャーから氷水をグラスに注いで飲ませた。

「ありがとうございます。ごめんなさいね。こんな醜態をお見せして……。ああ苦しいわ、ごめんなさい。服のボタン、外して下さいます？」

富裕子はもう酔いから醒めていた。宮里は言われるままにチャイナドレスのボタンを外すと、真っ赤なブラジャーから豊満な乳房が盛り上がっていた。

「私、ベッドで横になりたいわ。手を貸して下さる？」

と甘えた声で囁くように宮里の首に手を廻した。宮里はもはや富裕子の奴隷のように言われるまま、重たい体をベッドに運び靴を脱がせた。か細い声で、

「ああ苦しい……ストッキング脱がせて下さるかしら」

宮里の腰に手を掛けて言った。もはや宮里は女郎蜘蛛の糸に掛かったように黒のストッキングを脱がすと、真っ赤なティーバックショーツが現れ、見た瞬間、宮里は前後の見境も無くチャイナドレスをはぎ取り富裕子に抱き付いた。富裕子は抱擁されながら全身で悦びを感じな

がら、「私は京子に勝ったわ。もうこの人を絶対に離さない」と心の中で叫び、宮里の足に足を絡ませて、厚い唇で狂おしく接吻をした。富裕子は眠ることを忘れたように宮里に何度も抱擁をせがんだ。夜中、宮里は昏睡状態になり、ぐったりと眠っていたが、陽が昇る頃、急に夢から覚めたように動き出し、露な姿で眠っている富裕子を起こさないようにそっとベッドを出てシャワーを浴び、乱雑に脱ぎ捨てられた服を着て部屋を出た。

「俺は何をしていたんだ」

と頭に手をあて、自問自答しながら、急いでチェックアウトして自分のマンションに帰った。

その日の午後、富裕子からメールが入った。

「帰ったのに気が付かなかったわ。でも楽しかった。最高のお誕生日のプレゼント。愛してる、愛してるわ、ダーリン」

宮里はメールを見て、「チェ」と舌打ちをして消去した。

月曜日の夕方、また富裕子からメールが入った。

「愛する和樹。今夜私のマンションに来て下さる？　淋しくて、待ってるわね。私のダーリン」

宮里はまた無視してメールを消去した。

火曜日の午後、事務所に富裕子から電話が来た。先輩弁護士が電話を取って、

「は、宮里ならおりますよ。今代わります」

「玉木さんという女性からの電話だぞ」

受話器を渡されて、お尻を叩かれた。受話器の向こうから、

「いたの？　何回メールしても返事が無いんですもの。すごく心配したのよ。今夜は来れるわよね、ダーリン待ってるわ。チュ」

宮里は事務所の中が妙に静かなのに気が付き、

「は、分かりました。ちょっと忙しかったものですから、電話もしませんで、申し訳ございませんでした。では後程、失礼いたします」

と深々と受話器にお辞儀をして電話を置き、誰に言うでもなく、

「友人の奥さんが友達の離婚の相談に乗ってほしいそうで、何だか、ややこしそうで気がすまないもんですから」

と襟足を掻いた。

富裕子は折角自分の物になりかけた宮里をどうしても離したくないと事務所に電話をしたのだから、今夜は来るはずと薄化粧をして、胸の大きく開いた黒のレースのネグリジェにピンクのガウンを着て、ウイスキーのボトルとグラスをテーブルに置いてソファに腰掛けて待った。八時に玄関のチャイムが鳴ったので、

「は〜い、ちょっと待ってね」

と、甘だるい声を出して玄関のドアを開け、いきなり宮里の唇にキスをした。

「待ってたのよ」

カバンとトレンチコートを脱がした。宮里は黙ってスリッパを履いて居間に入った。

「この間、ホテルでは失礼な事をして、今日は謝りに来ました」

とお辞儀をした。

「何を言っているのよ。この間のホテルではとても楽しかったわ。貴男って声も素敵だけど……私あんなに興奮したの初めてよ。今夜もね」

とソファに引き寄せて大きく開けたネグリジェの中の乳房を触らせ、体をくねって吸い付くように厚い唇で接吻した。

「大人と大人なのに何をそんな事言っているの。私、貴男が欲しいだけなのに……ねぇ」

ガウンを脱ぐと黒のブラジャーとパンティが透けて見える薄いレースのネグリジェになり、宮里の手を無理矢理引いてベッドルームに入った。宮里は、また女郎蜘蛛の糸に巻かれたように富裕子を抱いた。

「貴男って最高ね。気絶するかと思ったわ。愛しているう、何もかも……。それで、今夜はお話があるのよ」

ガウンを着て気怠るそうに居間に戻るとテーブルの上のウイスキーボトルを開けてグラスに注ぎ、氷を入れて出した。

「このウイスキー、パパがコレクションしてあったのを私、貰ってきたのよ。ウイスキーの事何も知らないけど、多分高価な物だと思うわ。でも和樹さんと二人で初めて呑めばパパも喜んでくれると思うから……乾杯！」

富裕子は、上気した顔で宮里に持たせたグラスに音を立て自分のグラスを当てると一口呑んだ。

「話ってね、パパが私にこのマンションを遺産としてくれたの。でも税理士さんが言うのに、私にはよく分からないけど相続税は私が受取人になっている生命保険やこの後ろにある駐車場を売れば、このマンションはそのまま私の物になるらしいの。十一部屋貸してるから月二百四十万になるし、税金払っても二百万円近い部屋代が入るって言ってたわ。パパが言ってたけど、ここの土地はパパのお爺さんが戦後の焼け跡を安く買ってたそうで、三百坪あるからパパのお父さんがこのマンションを建てたと言ってたわ。和樹さん、私達結婚すれば、貴男の仕事のし易いマンションの一室を借りて、事務員の一人や二人雇って『宮里法律事務所』を持てるのよ。貴男に法律事務所を持ってもらうのが私の夢なの、ねえ、一緒に夢を見させて」

と、また宮里の手を大きな乳房におし付けてすり寄った。宮里は黙っていたが残ったウイスキーを呑み干して、富裕子をソファの上に押し倒して愛撫した。
夜も大分更けた頃、宮里はトレンチコートの襟を立てて富裕子のマンションから大通りへと出て行った。

京子がマンションに帰ったのはもう十時を過ぎていた。明日は仕事なので片付けもそこそこにして寝る仕度をしながら、昨日と今日の事を思い出すと、初めて会った男性と一緒に時間を過ごしてきたのが嘘のように思われたが、何の違和感も無く普段の自分で話し、振る舞っても相手の男性に気遣いをすることも無く過ごせたのは何故かと考えた。女性ばかりの生活に慣れていたから、驚く事はあっても不愉快な気持ちも起こらず、かえって自分には体験したことの無い話や振る舞いが新鮮で、楽しかった事も夢のように思い出された。けっしてイケメンでも無いし、むしろ黙って隣に座られたら、身を引くかもしれない容姿なのに、私が安心感を抱くのは、大きな体と無骨な顔でも、あの笑顔が翔太の心を表しているからかもしれないと思った。これが身内の皆が言う相性が良いということかもしれない。きっと翔太さんとなら出雲の家で一生共に生活をしてゆくことが出来るだろうと、穏やかな心になりながら眠りに就いた。

翌日、仕事の帰りに富裕子に電話をした。

「もしもし、富裕子。土曜日はごめんなさいね。宮里さんに失礼なことしちゃって。でも二日間寝ていたら良くなったわ。本当にごめんなさいね」

何時もだったら自分の感情をストレートにぶつけて来るのに、意外と穏やかな声で、

「良かったわね。宮里さん少しがっかりしてたけど、でも楽しくお誕生祝いして頂けたわよ。貴女の具合どうかとラインをしようかと思ったけど、寝てる時にはかえって迷惑かと思ってしなかったのよ。元気になって良かったわ。また近いうちに二人だけで誕生祝いしても良いわね。じゃ、またね」

あっさりと電話が切れた。

何か良い事あったのかしら、ねちねち言われるより良かったわ。京子は足早に駅へと向かった。夜、岡山の叔母から電話があった。

「日曜日、疲れなかった？　今日富成さんから電話があってね。松下さんから是非お付き合いをさせて頂きたいと言ってきたそうよ。京子ちゃんはどうかしらって、聞いてほしいそうだけど、倉敷ではどうだったの？」

「帰ってから電話もしないでごめんなさい。私もお付き合いしたいと思っているわ。実はメールアドレスの交換もしてあるのよ。気取りの無い方だから安心して一緒に生活が出来る人かと

思ったの」

「そう。それは良かったわね。善は急げって言うから富成さんにその旨、電話しておくわね。また電話するから、五反田の姉さんにも宜しく言ってね」

翌日の夕方、きび団子を持って五反田の昭子叔母の所に行った。

「朝メールが来たから待っていたのよ。松下さんとお付き合いすることになって良かったわ。まあ正子の友達の甥だっていうから人柄は良いんじゃないかと思っていたけど、きび団子のお土産まで、気の付く人ね。ありがとう」

叔母は弾んだように言った。珍しく夕食には忙しい義叔父も食事を共にしながら、松下翔太とのデートの話を聞き出した。特に、ひかりは目を輝かせて、

「へえー、そんな人なの。それでも話が合ったの？　だって京子ちゃん柔道も釣りも知らないし、松下さんは美術が分からなくて、よく一日一緒にデート出来たのね」

首を傾げながら言った。義叔父は、

「まあな、相性の合うっていうことはそんなものさ。結構な事だよ」

と笑った。叔母が、

「夕べ正子から電話があって、とても喜んでいてね。松下さんとメールアドレスを交換しているから直に京子さんにメールか電話をさせて頂きますって言ってきたそうよ。顔は兎も角とし

て、礼儀正しいじゃないのね」

義叔父の顔を見た。

「あとは松下さんと京子ちゃんの心次第だね」

顔を赤くした義叔父がビールのグラスを置いて、京子を見て言った。

その数日後の夜、翔太から電話があった。少し緊張した声で、

「松下です。夜分に電話しましてすみません。先日岡山でお会い出来て、とても嬉しかったです。お付き合い下さるとの返事を頂きましてありがとうございました。それにつきまして、一度東京に伺いたいと思うんですが、その……五反田の友塚さんへもご挨拶したいですし、どうでしょうか」

ぎこちなく言った。

「こちらこそ、宜しくお願い致します。何時でもお待ちしておりますから、友塚の叔母達も喜びますわ」

翔太の顔を思い出しながら懐かしい気がした。

「そうですか。京子さんや友塚さんの都合が良かったら、今週土曜日に伺いたいのですが、どうでしょうか」

京子は急な事で少し驚いたが、

「はい。私は何の予定もありませんし、五反田の叔母も何も話を聞いておりませんから多分予定は無いと思いますので、お待ちしておりますわ」

「では米子から飛行機で行こうと思っています。東京には以前友人が柔道の試合に出たので応援に講道館に二、三回行った事があります。羽田からモノレールで行けば良いですか？」

「分かりました。友塚に電話しましてから明日にでもお電話致しますね。羽田まで車でお迎えに行けると思いますから、宜しいですか？」

「やあ、恐縮です。友塚さんの皆様にお会い出来たら嬉しいです。では明日、電話を待っています。皆様に宜しくとお伝え下さい。おやすみなさい」

京子も電話を切って、懐かしい人に逢えるような気がする自分を不思議に思った。少し時間が遅かったが五反田に電話した。ひかりが出て、

「今お母さん、お風呂に入っているのよ。急な用事？」

「今、松下さんから電話があってね。今度の土曜日に友塚家にご挨拶に伺いたいって言ってきたのよ。私の都合は良いけど、叔母さん何か予定があるかと思って電話したのよ。分かる？」

「へえ〜、この間会ったのに、もう今度の土曜日に東京に来るの？　京子ちゃん好かれちゃったのねえ」

げらげら笑ってから、

「お母さんの予定なんか聞いてないけど、私はいるわよ。フフフ。お母さん、お風呂から出たら話しておくわね。お母さん驚いて洗い髪をタオルで巻いたまま電話するわよ。フフフ、じゃあね」

電話を切ってから、

「やあね。そんな可笑しい事？」

何かと茶化すひかりの言葉にちょっとふくれていた時に叔母から電話があった。

「もしもし、何、松下さん土曜日にうちに挨拶に来たいって。まあ、私は何の用事も無いし、そうそう三月だから珍しく土、日とお父さんも病院休みだそうで、まあ松下さん、京子ちゃんに会いたいのよ。良かったわ。ちょっと〝うるさい〟、ごめんね。私が頭にタオルを巻いて電話しているからひかりがここで『ほらね』って頭を叩くのよ。〝うるさい〟、ごめんね。お父さんに言って、兎も角、羽田まで迎えに行くわね。電話で羽田着が何時か聞いてね。まあまあ忙しくなるわね。明日出雲に電話しておくわね。京子ちゃん、美容院ぐらい行ってらっしゃいよ。私も行って来るからさ。じゃあね。おやすみなさい。風邪引かないでよ」

慌ただしく電話が切れた。

京子は叔母との電話を切ってから、二人のはしゃぎようを肌で感じながら、まだ丸一日程しか一緒に過ごしてない人とこんなに早く結婚を決めて良いのだろうかと少し不安を感じたが、ふと竜一郎の事を思い出した。会ってから一年も経っていないのに、パリで狂おしいほど愛して何の抵抗もなく一夜を共にしたこと。竜一郎も添えない二人の愛を忘れないと言ってくれたし、私も別れることがあんなに辛く切なくて、涙がとめどなく流れて淋しい日々だったのに、今は夢の中の出来事のような気がしている。振り切るようにして辛い別れをしてきたのは、お互いの立場を考えてのことで、愛を貫くために結婚の道を選べば周囲に迷惑を掛けることが分かっていたからだ。

もし竜一郎が誰かと結婚するという事を知っても、花道の家元を継ぐための結婚なのだから祝福するのが本当の愛情だと京子は思った。

竜一郎とは似ても似つかない翔太だけれど、あの優しい笑顔を思い出すと、私の人生に相応しい人なのかもしれない。まだ愛情等は感じてないけど、何かホッとして一緒に歩いていけるような気がした。祖母の環も駆け落ちまでした人と別れさせられて、親の決めたという祖父と結婚させられても、孫の私達には違和感を覚えさせる事も無く仲良く暮らしていたのだから、恋をするのと結婚とは違うものなのかもしれない。それには身内がお互いを認め合って生活することが一番大切なのかもしれないと、ソファに腰掛けて、切ったスマホを手にして考えに耽っていた。

次の日の夜、翔太からメールが入った。

「土曜日の全日空三八四便で羽田に十時五分に着きます。宜しくお願い致します」

と簡単なメールだった。京子は、

「分かりました。私も友塚の車でお迎えに行きます。羽田の到着口でお待ちしてます。お気を付けて」

「車で来て下さるとは恐縮です。ホテルで一泊すると安いので。友塚様に宜しく」

土曜日は少し早めに起きて朝食もそこそこに仕度をして家を出た。五反田の家に着くと多分前日から家の中を片付けたのか、来客を待つ準備が整っていて、義叔父は車の掃除をしていた。

「お早うございます。義叔父さん、今日は私のためにすみません。お手伝いしましょうか」

義叔父の雅夫が顔を上げて、

「ああ、お早う。お天気で良かったね。昭子は昨日から洋服選びで大変だったよ」

と笑って、

「今日は珍しく敏もいるし、ひかりと京子ちゃんの五人と松下君とで横浜の中華街で昼めしを食べようと思っているんだよ。松下君は講道館しか行った事無いみたいだから、『港の見える丘公園』とか『外人墓地』とか見せたらどうかと昭子とも話してたんだ」

「まあ。私の為にすみません」

「まだ時間があるから中に入って昭子と話をしてなよ」

とホースの蛇口を切って、車を拭き始めた。

「叔母さん、お早うございます」

整頓され、花まで飾られた玄関を上がった。キッチンから叔母の声がして、

「お天気で良かったわね。昨日電話で話したように、うちも珍しく家族が揃ったし、昼食は横浜の中華街で食べて、それから家に帰ってゆっくりと夕食にしようと思ってね。松下さんメールでホテルって言ってたそうだけど、家で泊まってもらう事にしたのよ。会った時に話せば良いでしょ。で、お父さんとも話したんだけど、朝出て箱根に行ったらって話してたのよ。高速で行けば二時間もあれば芦ノ湖まで行けるから湖畔で食事して富士山見て、それで羽田まで送ったらって。ひかりが楽しみにしているのよ。京子ちゃんのデートなのにごめんなさい。皆で出掛けたがらない敏までその気になってるのよ。松下さんにパワーがあるのかしら……ね。車の中の席までひかりが決めてるのよ。お父さんが運転で、私が助手席。後部には松下さんと敏、その後ろに京子ちゃんとひかりって決めてるのよ。敏が松下さんと話がしたいみたいよ。折角、京子ちゃんに会いにくるのにね」

京子は皆が翔太に会いたがっているのが嬉しかった。まだそんなに話をしたことが無い翔太に敏が話し相手になってくれれば、少し気が楽になった。

「お昼は中華料理だから夕食は家でバラ寿司でもしようと思って食材買ってあるのよ。京子

ちゃんに手伝ってもらわないといけないけど良いかしら」

と叔母が着替えながら言った。

ひかりが二階から降りて来て、

「京子ちゃん、お早う。もうそろそろ出掛けないとね。お母さん髪とかした?」

二階に向かって、

「お兄ちゃん、出掛けるわよ」

と大きな声を出して一人でバタバタしていた。義叔父がピカピカに磨いた黒のアウディQ7に皆が乗り込むと賑やかに出発した。羽田空港の到着ロビーの建物の前で京子とひかりが降り、車は駐車場に向かった。到着ロビーで少し待ったら翔太からラインが入り、やがてダークグレーのスプリングコートを着て大きなボストンバッグを持った翔太が出て来た。直ぐに京子達を見つけて、にこにこ笑いながら近寄って来た。

「やあ、お待たせしましたか。僕、松下翔太です。宜しくお願いします」

とひかりに頭を下げた。ひかりは思ったより大きな人だったからなのか急いで、

「初めまして、友塚ひかりです。お待ちしてました」

と丁寧に挨拶をした。

「先日はありがとうございました。友塚の皆も空港の駐車場におりますの。今電話しますから、

取り敢えず外に出ましょうか」

京子は叔母の昭子に電話しながら歩き始めた。自分達が降ろしてもらった所に車が来た。敏が降りて挨拶をして、ひかりが決めた順に車の座席に座った。義叔父も叔母も座ったまま、

「よくいらっしゃいました。後でご挨拶をするとして、これから横浜の山手を見て、中華街で昼食して家にお連れします。ごゆっくりして下さいね」

叔母はシートベルトをしたまま横向きで話して、車は高速道路から横浜へと向かった。

「やあ、東京には三回程来ましたが、横浜は初めてです。気を遣って頂き恐縮です」

翔太は義叔父の雅夫に話し掛けた。義叔父は、

「いや、いや」

と手を振って、ランドマークを左に見ながら山手にある「港の見える丘公園」の近くの駐車場に車を入れた。初めて友塚家の皆と翔太が挨拶をして、公園から港をのぞみ、「外人墓地」を見ながら義叔父が南京町と呼ばれる経緯を話したり、モダンな建物を見たりと桜の蕾が膨らんだ公園を歩いた。

翔太も初めての横浜港を見ながら敏と話しつつ時々ひかりも話に割り込んで笑っているのを叔母は歩きながら見て、

「京子ちゃん、松下さんて良い人ね」

と言った。

昼も少し過ぎたので中華街の近くの駐車場に車を停めて、義叔父が時々使っているという店に入った。円テーブルに座り、メニューを見ながら何が好きか翔太に聞いた。

「いやあ、僕は好き嫌いは無いですし、中華といえば何時も餃子かチャーハンですから、何でも頂きます」

これにはひかりが目を輝かせて、

「あまり高いのを頼むと熊の手が出て来るそうですよ」

と翔太の顔を上目遣いに見ながら言った。

「それは困ります。僕は好き嫌いは無いですが、熊の手はまだ食ったことないです」

慌てて手を振った。

「ごめんなさいね。ひかりは時々人をからかうんですよ。ひかり、松下さんは真面目な方ですから、そんな事言っては駄目よ。困った子ね。松下さん、ごめんなさいね」

翔太は笑いながら頭を掻いた。義叔父が、

「じゃあ、お昼だし、Cの定食にしようかね」

それには餃子もチャーハンも、タマゴスープも入った昼のランチ定食だった。義叔父は翔太が大食漢だと京子に聞いていたのでウエイトレスに、

「すまないが七人分頼みますよ」

と一人前よけいに頼んだ。

「ここのチャーハンは美味しいから松下君も敏も、いっぱい食べなさい」

コップの冷たい水を飲みながら言った。

食事が始まると皆、円テーブルを廻し大皿から取りながら、もくもくと食べた。


横浜から早めに帰ると、翔太は義叔父と叔母に手土産を出して、正式に京子との結婚を前提の付き合いを頼んだ。

「出雲の佐々木さんのお宅には電話でお願いを致しましたが、今回京子さんにも正式に了解を頂きましたので、今後共宜しくお願いします」

絨毯の上に正座して手を付いて挨拶をした。そんな翔太に義叔父達も慌てて正座して、

「ご丁寧な挨拶を頂きましてありがとうございます。まあ身内の口から言うのも何ですが、京子は良い娘だと私も家内も思っておりますが、少し付き合ってみて下さい。良い方向に行くのを望んでいますから、宜しくお願いします」

義叔父が言って、叔母を見た。

「折角の時間を私達が間に入ってしまって、松下さん、ごめんなさいね。京子を宜しくお願い

します」

京子と二人で頭を下げた。ひかりが、

「松下さん、京子ちゃんとデートしてね。だけど歌は下手だからカラオケには誘わないでね」

と笑ったが、横にいた兄の敏に、

「こんな真剣な話の時に余計な事言うなよ」

と頭を叩かれたのを機に、義叔父が、

「母さん、お茶出しなさいよ」

座っている叔母に促しながらソファに腰掛けた。敏が、

「松下さんも飛行機で来るなり初めて会った人と中華街なんかに連れて行かれて面食らったんじゃないかな。松下さん、友塚家は何時もこんな具合だからすみません。僕なんか普段一人で行動しているので本音を言うと、この家の家風に合わないかもしれないな。でも、これが我家のおもてなしの仕方なので許して下さい」

翔太に笑いながら詫びるように話した。

「何を言ってるの。お兄ちゃんはただ自分勝手なだけよ」

「止めなさいよ。大事なフィアンセの前で兄妹喧嘩なんかして本当にごめんなさいね。今日は疲れたでしょ。夕食の仕度はほぼ出来ているけど、ひかり、こんな所でお茶なんか飲んでない

で手伝ってちょうだいな。ああ、京子ちゃんは松下さんと話をしていてね」

叔母はひかりを促してキッチンへ行った。

「やあ僕の家は四人兄弟で育って、また果樹園を継いだ兄の子供が三人共男の子ですから、凄まじいですよ。家の中がこんなに整頓されてるなんて……ドアもテーブルも傷だらけでしてね。義姉が何時も怒鳴ってますよ。ハハハ」

京子は、翔太の話から窺われる物に拘《こだわ》らない人柄に引かれていった。夕食後、叔母が、

「松下さん、ホテルを取っているでしょうけど家に泊まっていかれませんか。今日はお酒も入ってますしね。京子ちゃんが使っていた二階の部屋がありますしね」

元々翔太はお酒が弱いので酔う程は呑んでいなかったが、赤い顔をしていたので叔母が泊まることをすすめた。

「やあ、ありがとうございます。ですが、品川のプリンスホテルを予約してますので、そろそろ帰ることにします」

「松下さん、泊まったら。ねえ京子ちゃんも泊まっていきなさいよ。お父さんとお母さん、今家庭内別居しているからさ。お母さんと寝たら」

すこし酔ったひかりが言った。京子はびっくりして叔母の顔を見た。叔母もびっくりして、

「何が家庭内別居なのよ。人聞きの悪いこと言わないでよ。お父さんは夜遅くまで本を読んだ

りパソコンしたりしているから、私の生活のパターンが合わなくなっただけじゃない。だからお父さんは書斎に寝ているんでしょ。嫌ね。松下さん、ごめんなさいね。こんな子が親戚にいるから嫌だなんて言わないで下さいね。ほら、京子ちゃんもびっくりしているじゃないの、困った子ね。こんなんで結婚してくれる人いるかしら」

叔母は本気で怒った。

「ハハハ、ひかりさんは可愛いですね。皆のびっくりする顔が見たいんですよね。ハハハ。僕の両親なんかもうとっくに家庭内別居してますよ。泊まらせて頂ける事は嬉しいですが、明日は昼十二時頃の便で帰りますので、今夜はこれで失礼いたします。本当に楽しかったです。帰りまして、富成の叔母も多分心配していると思いますので、空港からそのまま寄って今日の事を報告するつもりです。本当にありがとうございました」

「そうですか。家内はよほど楽しかったのでしょう。勝手に決めて、こちらこそ失礼いたしました。京子ちゃん、明日は羽田まで送って行くんだろう。松下さん、またお会いしましょう。ご両親にも宜しくお伝え下さい」

翔太と京子は帰り仕度をした。

「皆お酒を飲んでいるからホテルまで車で送れなくてすみませんね」

義叔父は叔母に、

「タクシーを呼びなさい」

と言ったが、京子は、

「大丈夫よ。道に出ればタクシーくらい掴まえられるから。今日はありがとうございました。また来ますね。敏さんにも会えて嬉しかったわ。では、おやすみなさい」

友塚の家の門を出て大通りに出ると直ぐにタクシーを掴まえられた。タクシーに乗ってから、

「今日は驚いたでしょ。でも皆が揃う事が少ないから普段より賑やかだったんです。お疲れになったでしょ」

「いえ、さっきも言ったように僕の家は常に戦場のようですから、でも友塚家は温かい家庭ですね。親戚になれたら嬉しいですよ」

ホテルの前で翔太を降ろして車の中から、

「明朝羽田まで送りたいので、ホテルのラウンジでお待ちしています。メール下さいね。おやすみなさい」

と翔太に会釈をして、そのままタクシーでマンションに帰った。

ソファに腰掛けて、今日あった事を思い出していた。「港の見える丘公園」など、京子は高校時代、偶然生年月日が同じだった富裕子に連れられて行った事があり、その時は元町商店街も覗いて歩いたりしたが、祖母環に出雲から松江に連れて行かれた時は、松江城のある城下町

がとても大きな町に思えていたのに、日本の夜明けのように開港された横浜に来て、今でもモダンな店が建ち並び行き交う人達まで、そんな雰囲気が漂っている気がした。今日は大勢で「港の見える丘公園」を散策したり、中華街で昼食をしたが、友塚の家族が翔太に興味を持ったのか、それとも歓迎してくれたのか京子は翔太とほとんど話をしなかったが、その分そっと翔太を客観的に見ることが出来た。柔道をしていたせいか、折り目正しいし、少々緊張してみえたのは初めて会った人達との会話なので言葉を選んで話していたからだろう。特に、茶化すのが好きなひかりに対しても決して悪い感じの話し方ではなく、人を傷付けない話し方をしていた翔太の人柄を京子はだんだん好きになってきた。倉敷で二人だけで歩いていた時も自分を飾らない人だとは思っていたが、今回はっきりと翔太は誰に対しても優しい人だと確信したし、これが翔太が自分に抱いてくれた愛情なら素直に受け止めて同じ方向を見ながら歩んでいきたいと心から思い、竜一郎への燃えるような切ない恋とは違う愛情が自分の心の中に芽生え始めたことを知った。

翌朝早めに起きて入念に化粧をし、爪にもピンクのマニキュアを塗り、パリで買って来た香水をワンピースの裾に振り掛け、お気に入りのバッグと少しヒールの高いパンプスを用意した。岡山に行った時は普通の自分を見てほしいし、着飾った女性が好きなような人なら一生共に暮らす事が出来ないとの思いがあったが、自分も翔太の容姿等何も気にならないし、寧ろあの大きな体を頼もしく思えるのと折り目正しく優しい人柄に愛情を感じて、出来るだけ美しいと思われたいと思い始めた。翔太から電話があった。

「お早うございます。昨日はありがとうございました。お疲れになったでしょう。空港まで送ってもらえるととても嬉しいです。羽田発十二時二十五分ですが、空港の中のどこか喫茶店でゆっくりしたいと思いまして、少し早いですが八時頃チェックアウトしたいと思うのですが、京子さんの都合はどうでしょうか」

「お早うございます。私は早くても大丈夫ですわ。それとホテルには近いですから。ホテルに着きましたら、またお電話いたしますね。では後ほど」

と電話を切って時計を見た。まだ七時前だったので京子は洋服を着替え、もう一度髪を整えてイミテーションのダイヤがちりばめられて揺れるイヤリングを着け鏡に全身を映して微笑んでみた。

二日前の金曜日に行きつけの美容院で少し長めのボブの髪型を、

「佐々木さんは頭の形も良いし、首筋もきれいに見えるように髪を少し短めにカットした方がいいと思うけど。ほら見て」

と短めなボブの髪型の写真を見せてくれたので、

「そうね。髪が長いと学生みたいよね」

と笑うと、

「残念ながら学生には見られませんけど、イヤリングなんかすると素敵よ」

店長のマナミさんが笑った事を思い出しながら、首を動かすと一緒にイヤリングが揺れるのを見て、また微笑んだ。

ホテルに着いたのはまだ大分早かったのに、もう翔太はスプリングコートを着て待っていた。

「お早うございます。もうチェックアウトなさったんですか」

「ええ、もうしましたので出られますよ。京子さんお綺麗ですね」

と翔太は初めて京子の姿をしみじみと見た。

「今朝は一段と美しいです。僕、一緒に歩いて良いですか」

立ったまま京子に見入りながら言った。

「嫌ですわ。そんなに見られると恥ずかしくなりますから」

「いや、京子さんはお会いした時から美しい方だし、僕なんかと付き合ってくれるかと不安だったんですが、すみません。また見違える程美しいです」

棒立ちになっている翔太を促すように、

「そんなに見ないで下さい。早く羽田に参りましょう」

京子は先に立って歩き出した。

二人は品川駅から羽田空港国内線ターミナル行きの電車に乗った。三十分と掛からずに空港ターミナルの中まで電車は入った。翔太は米子行きの搭乗口を見つけてから近くのコーヒー店に入った。

「これでゆっくりお話が出来ますね。十一時頃まで……あと二時間程ですが、やっと二人になれましたね」

翔太はコートを脱いで大きな手をテーブルの上に組んで、清楚で美しい京子をしみじみと見て嬉しそうに言った。

「ええ、お疲れになったでしょ。昨夜はお休みになれましたか。友塚の家もどうやって松下さんをおもてなししようかと話したようで、それと家族が全員揃う時が少なくて、それで松下さんがいらっしゃる早々横浜にお連れしたらということになったようですの。ひかりちゃん、少し興奮気味でしたわね」

「でも可愛いですよ。僕の家は男だけなので家族であんなに話をすることが無いですし、義姉など、男の子三人ですから、女の子がいる友達から、レースの付いたピンクの洋服を貰ってきて吊るしておくだけで心がホッとするそうです。母親の気持ちなどおかまいなく子供達は家の中を走り廻ってますよ。ハハハ」

と白い歯を見せて笑った。

コーヒーを飲みながら翔太の笑顔を見ているだけで何か肩の力が抜けていくような気がして、この人とだったら環さんの望んでいる男の子に恵まれるかもしれないと自分でも幻想のような事が脳裏に浮かんで、びっくりした。

「海釣りはどんな所でするんですか」

に、翔太は少しはにかみながら、

「やあ、趣味と書きましたが実際は手伝いというか遊びというかで、柔道の仲間で親の跡を継いで境港で漁師をしているのがいましてね。たまに休日などに舟に乗せてもらって操縦したり、エサを付けたりと遊ばせてもらっているんで、こんなの趣味っていえるかどうか、でも楽しいですよ。帰りに魚を貰って帰るんですよ。お袋が喜んでくれましてね」

二人の話が自然と自分達の日常生活のことになっていた。

ちょっと話が途切れた後、突然、翔太が椅子に腰掛け直して、京子の顔を真剣に見た。

「実は昨日、友塚さんにご挨拶だけして京子さんと二人だけで話の出来る所に行く予定にしてましたが、こんな所でお話をするのも少し申し訳ないのですが」

と、また座り直して、

「僕と結婚して頂けませんでしょうか」

と頭を下げた。喫茶店の片隅とはいえ、急なプロポーズに京子は驚いた。

「まだ数時間しかお話をしていないのですが僕は倉敷で決めたんです。急な事で驚かれたと思いますが、京子さんはゆっくりと考えられて返事を下さい。僕、待ってますから」

「ありがとうございます。不束者ですが、宜しくお願い致します」

京子は翔太の顔を真っ直ぐ見て頭を下げた。翔太はびっくりした顔から弾けるような笑顔になって、大きな手を出して京子の手を握った。

「本当ですか。僕、何と言って良いか。嬉しいです。本当に嬉しいです。ありがとうございます。両親も富成の叔母達も喜びます。実を言いますと、何時話そうかと昨夜は眠れなかったんです。宜しくお願いします」

と息を弾ませながらハンカチで顔や襟首を拭いて、また京子を見て嬉しそうに笑った。

「結婚すると私の家に来て頂くのですが、宜しいのですか」

「それは最初から分かっていましたから」

「私の方こそ宜しくお願い致します」

こんなに喜んでくれる翔太を見て、京子もホッとして頭を下げた。

「まあ、もうこんな時間ですわ。では今度は私が連休に出雲に帰りましてお待ちしております。両親と岡山の祖母には、今日松下さんから結婚のお話を頂き、私もその気持ちだということを帰りましたらすぐに電話致します。どうぞご両親様と富成様にも宜しくお伝え下さいませ。私……松下さんとお会い出来ましたこと本当に嬉しいですわ。では出雲の方に何時おいでになるか、またご連絡下さい。お待ちしてますから」

　京子は心から翔太と別れるのが淋しかった。

「僕の方こそ、宜しくお願いします。出雲のお宅に伺える日が決まり次第連絡します。では友塚様にも宜しくお伝え下さい。またメールして良いですか」

「お待ちしてます」

　笑いながら言った。翔太は立ち上がってカバンを左手に持ち直して大きな右手を京子の前に出した。京子も戸惑うことなく思わず両手で握った。翔太は真剣な顔をしてカバンを置いて両手で京子の手を強く握った。

　翔太がチェックインして保安検査場から搭乗口に行くまで、見え隠れする姿を京子は見ていた。翔太も後ろを振り返り、手を振って搭乗口へと歩いていった。姿が見えなくなった時、今まで感じた事の無い虚無感に襲われた。自分の心に、これは愛なのかと戸惑いながら問いただした。翔太に強く手を握られた時、周りに人がいなかったら迷わず翔太の胸に抱かれたいと思っていたのを思い出しながら、翔太の見えなくなったその場を去り難く、暫く佇んでいた。

　マンションの部屋に帰り、ソファに腰掛けて着替える事もせずに何も考えることが出来ず、ただ翔太に強く握られた手の感触に縛られていた。また連休には会えるのに、と心で呟いてやっと呪縛から解き放たれたように着替えを始めて、ふと何時もバッグの中に入れてあるお守りを出して見た。何の変わったことも無いのを確かめて両手でそっと挿んで胸に当て、

「やっぱり翔太さんを愛しているんですね。これで良いんですね」

今までに経験の無い自分の心をお守りに聞いてみた。

夜、今日羽田であった事を話し、自分もお受けした事を出雲の両親と岡山と五反田の叔母に電話で伝えた。両親をはじめ皆に喜んでもらえた事が京子は嬉しく、この先翔太と佐々木家を守らなければと思った。五反田の叔母からは、

「良かったわね。良い人じゃないの。お父さんも人に無関心な敏も気持ちの良い人だって誉めてたわよ。こんな事言っちゃ悪いけど、人間見た目じゃないわね。優しい人だし私も安心して結婚に賛成よ。早めに退職届出した方が良いわね。出雲に帰るにも荷物の整理や区役所への届けやら何やらやる事いっぱいだから。出来ることは私もひかりも手伝うから大丈夫よ。何でも言ってちょうだいね。忙しい、忙しい。風邪引かないでね」

叔母の口癖を聞きながら、東京に出て来て早くも十年の歳月が経っていた事を思いながら、初めて書く退職届にパソコンを見ながら退職の日を六月二十日と書いた。

大学生になり五反田の叔母の家からマンションに引っ越して来てから、何時の間にか荷物が多くなっているのに驚きながら、叔母の口癖の、

「忙しい、忙しい」

　を真似して部屋を見廻しながら笑った。


　桜前線も東北まで達したとテレビで放送されているのをソファに横たわって見ながら、何か体に変化が起きているように富裕子は思った。

「食べ過ぎたのかな。胃もたれして気持ちが悪いし、季節の変わり目だから怠いのかしら」

　とも思ったが、生理が三月、四月と無い事に気が付いた。思い出せない程の男性と関わってきたけれど、一度も避妊具も使った事が無く妊娠など頭の片隅にも無かったが、このところ一日置きに和樹が来ていた。富裕子は急にソファに座り直してカレンダーを見た。

「え、もしかして赤ちゃん？」

　急に全身に喜びが溢れてきて、

「だったら良いけど、これで和樹と結婚出来るわ。和樹、何て言うかしら。ベッドの中でも事務所の事ちらちら口にして気を引いてるから、きっと喜ぶと思うわ」

　独り言を言いながらキッチンからトマトジュースを持って来て飲んだ。

「まずいな」

午後、以前一回受診した事のある産婦人科を受診した。診療は三時からだったが予約無しだったので二時間程待たされ、初診なので、用紙を渡され、尿検査や血液検査、血圧等を測った。

「玉木富裕子さん、お入り下さい」

診察室に入ると医師が座って問診書を見ながら、色々と質問されてから、

「あちらの部屋にお入り下さい。ストッキングや下着等脱いで台に上がって下さい」

看護師に促されて、「また嫌ね!!」と顔をしかめて台に上がった。カーテンが引かれ医師が何か検査をして、やっと終わった。

「どうぞ身支度なさって。こちらにおいで下さい」

看護師の声に、また元の診察室に入ると、

「お掛け下さい」

と医師に促されて富裕子は椅子に座った。

「エコーや超音波検査等と尿検査により、妊娠七週目ですね。少し血圧が高いのと高脂血症ですので食事に気を付けて下さいね。え〜、今は四月ですので体を冷やしたりお酒を飲まないように気を付けて下さい。では来月また来て下さいね。予約していって下さい」

と事務的に告げられた。

病院を出てタクシーで家に帰り、ソファに腰掛けてやっとホッとしてニタニタ笑いながら、

「私の勝ちよ、京子。いくら和樹が京子に惚れたって、私に子供が出来れば和樹は諦めるわ」

早く和樹に知らせなきゃとスマホを出してメールをした。

「さっき産婦人科に行って来たの。妊娠しているって。生まれるのは一月だけど、楽しみ。早く和樹に会いたいわ。お父さんになるのよ。嬉しいわ」

よほど驚いたのか、和樹から直ぐメールが来た。

「夕方行く」

だけのそっけないメールでも富裕子はもう絶対に和樹を離さないと思った。


何時もより早くに宮里は富裕子のマンションに来た。飛ぶように玄関に出た富裕子が、

「ねえ、ねえ、私達の赤ちゃんが出来たのよ。私、嬉しくて」

宮里の胸にしがみ付いて下から宮里の顔を見た。むっつりした宮里の顔に、

「ねえ嬉しくないの。私達の赤ちゃんがここにいるのよう」

とお腹を押さえて笑った。

「そう、……それで？」

「それでって、何なの？」

「それで産むのかどうかと思ってね。僕達まだ結婚する訳でもないし、君は両親がいないからだけど、兄さんに僕の事話してあるのか？　僕はまだ両親には君の事話してないのに子供が出来たからって、いきなり結婚するなんて話が出来る訳無いだろう」

富裕子はすがっていた手を離し和樹の顔を睨み付けながら、

「私、誰が何と言ったって産むわよ。和樹の子供が欲しいのよ。ね、入籍してベビーを産むのよ。そして貴男は宮里法律事務所の所長さん。これが私の夢だって言ったでしょ。このマンションを全部賃貸にして、私達は大きなビルの二十階程の高い所に住んで、貴男は毎日、下の事務所に出勤」

宮里の手を自分のお腹に当てて、

「これ、夢じゃないのよ。だって事務所も住まいも買うお金あるし、赤ちゃんは出来たしね。結婚すれば私の物は和樹の物、和樹の物、体かな……私の物だもの。残念なのはパパが死んでからまだ半年も経ってないから結婚式はお預けだけど、赤ちゃんの為には結婚届を出して産みたいのよ。分かってくれる？」

甘だるい声を出して宮里に豊満な胸を付けてキスをした。宮里は観念したように、

「分かったよ。体に気を付けてくれ。今度の日曜日に八王子の家に帰って両親に話して来るから。君の事は君に任せるから、ただ結婚届は直ぐ出来るけど、僕はこのマンションには住みた

くないよ。君の言うように他の高層マンションを買ってから一緒に住むのはどうだい。一日置きに尚子ちゃんが来るんだろう。この狭い部屋に居候のように入るのは勘弁してくれ。それまでは今まで通り、一日置きくらいには来るからな。僕の戸籍をこのマンションに移してから君と結婚届を出せば、生まれてくる子供もこの住所で出生届が出来るだろう。そう思わないか」

「和樹がそんなに私を愛してくれて嬉しいわ。明日にでも兄に話をしてくるわね」

と宮里の胸に抱かれた。

早速、横浜の兄嫁に電話して、

「お義姉さん。喜んで。私、赤ちゃんが出来たのよ。勿論、宮里さんの赤ちゃんよ。まだ七週目だけど、彼とても喜んで、私達結婚するのよ。パパが死んだ時にお義姉さん、お義兄さんに会社を乗っ取られるかもしれないって言ってたでしょ。でも宮里さんは弁護士だから会社の顧問弁護士になれば安心よね。子供の為に入籍だけして、結婚式は来年赤ちゃんが生まれてからにすれば良いでしょ。彼、戸籍をこのマンションに移して入籍すれば、生まれてくる子供もここが本籍になるからって。優しいのよ。尚子ちゃんにも今まで通り家事をしてもらいたいのね。彼、まるで私の所に転がり込んだようじゃ嫌だから当分、毎日来るけど別居婚っていうのかしら。結婚式してから三人で大きなマンションに住もうって言うの。私も今悪阻《つわり》で和樹さんの世話は出来ないから、かえってその方が楽だしね。一度気分の良い時、一緒に兄さんの所に行くわね。じゃ、おやすみなさい」

一方的に話をして電話を切った。美佐代は、富裕子が絶対に結婚してみせると言ってたけどまさか子供が出来たなんて、その宮里やらいう弁護士にも会ってないし、夫の剛が何と言うか心配だったが、母親の華とは親子らしい生活も出来なかったので、舅の理が甘やかして育ったせいか自由奔放な生活をしていたので仕方が無いのかもしれないとも思った。

夫の右腕になってくれるほどの力量がある弁護士なのかとも考えたが、嫁としてそこまで立ち入る事も出来ないと思い、剛が帰って来ると富裕子が妊娠して結婚する事と相手が弁護士だという事を伝えた。

「へえー、そうか。富裕子もやるじゃないか。まあ順番は滅茶苦茶だけど未婚の母じゃなくて良かったよなあ。親父からの遺産もあるから何とかやってゆけるだろうよ」

とあっさりと言われた。

美佐代は大きな溜め息をついて、やっぱり社長の器じゃないかもしれないわね、と心の中で呟いて、台所に立って行った。

本籍を移し二人は婚姻届を出してから、やはり一日置きに決まったような時間に宮里はマンションに来てビールを飲み、尚子の作った夕食を食べて夜中に帰って行った。連休も近くなった頃に宮里は富裕子のマンションに来るなりテーブルの上に封筒を置いた。

「これ、何なの？」

と訝しげに封筒を見ると、中から「三山生命保険証書」と書いた書類が出てきた。宮里の顔を改めて見ながら、

「これ何なの？　生命保険って書いてあるけど」

「うん。僕も考えたんだ。自分の子供が出来て嬉しい反面、僕は君や生まれてくる子供に何が出来るかってね。弁護士として一生懸命働く事は当たり前だ。ただ僕には財産が何も無いと思ったんだよ。もし僕に万一、何かあったとしても、君には財産があるから育てられると思うが、それでは父親としての立場は無いだろう。それで宮里富裕子を受取人として僕自身に死亡保険を掛けたんだ。そうすれば、もしもの時にでもこの三千万円は君と子供の為に少しは役に立つと思ってね。途中病気などしても、この保険の中から支払われるから大丈夫だよ。保険金は毎月の給料から天引きされるから、一緒に暮らすようになって毎月君に渡す生活費は少しになるけど、これは僕が出来る君と子供への愛情と思ってくれ」

と富裕子の手を握った。

「嬉しいわ、そんなに愛されて。お金じゃないのよ、貴男の気持ちが嬉しいのよ」

富裕子は宮里の胸に飛び込んだ。宮里の顔に片笑いが浮かんでいるのは富裕子には見えなかった。

「ねえ、以前私が言ったと思うんだけど、貴男の物は私の物。私の物は貴男の物って言ったの覚えている？　そんな事あってはいけないけど、貴男は命を私にくれたわ。二人で遺言書を書きましょうよ。貴男の財産、全て私にくれる、私の財産も全て夫の貴男に渡すって、子供は残った方が育てられるわ、ね」

「勿論、僕の子は僕が守る。富裕子は身体を大切に子供を産んでくれ」

「乾杯しましょうよ。少しのビールなら大丈夫だから」

とビールを注いで乾杯した。

「ねえ、貴男は専門だから遺言書の書き方教えてね。明日にでも書くわ。保険を掛けてくれてありがとう。パパもこのマンションが私の物になるように、相続税に当てるようにって保険を掛けてくれたのよ。私、和樹にこんなに愛されて良いのかしら」

と富裕子は流し目で和樹を見た。

宮里は富裕子を抱いた後、かならずシャワーをしてから夜中に帰って行った。入籍も済ませ、今は別居婚の状態だが今日は宮里和樹名義で死亡時は富裕子を受取人にした保険も掛けて渡したし、少し安心したのか、シャワーを浴びて来ると裸にバスローブを引っ掛けてバスルームに行った。富裕子も裸にネグリジェを着てダブルベッドから起き上がった。枕元に和樹のスマホを見つけた。何時もならお客様との大切な話が入っているからとロックを掛けて背広のポケットに入れているのを、好奇心でスマホを手に取って開いて見た。ロックは掛けられていないのでラインを開いた。

「珠子、明日は時間がある。タマミホテル六時に待っている（ハートマーク）」

「分かったわ、待ってるわ（ハートマーク）」

「なかなか時間が取れないけど許してくれ」

「愛してるからいいのよ」

「珠子、愛しているよ（ハートマーク）」

「和（ハートマーク）嬉しい、私もよ」

富裕子は急いで閉めてスマホを元の場所に戻した。珠子って誰だろう。和樹はお兄さんと二人兄弟だし、口調は恋人のようだし、和樹は京子を狙っていたと思っていたのに……明日？明日は彼が来ない日だわ。急に動悸がして、息が出来無くなってベッドにうずくまった。バスルームの開く音がして和樹がバスローブを着ながら出て来た。

「どうしたんだ。顔色が悪いよ」

とバスタオルで頭髪を拭きながら顔を覗いてきた。富裕子は目を瞑ったまま、とぎれとぎれ

の小さな声で、

「立とうとしたら目眩がしてお腹を打ったみたい」

和樹は急いで下着を着て、

「病院に行った方が良いな。大丈夫か。救急車呼ぼうか」

慌てふためいているのを富裕子は屈んだ姿勢で薄目を開けて見ていた。

「治ってきたみたい。でも心細いから今夜は泊まってくれない？」

「そりゃ心配だから泊まってもいいけど」

と口ごもりながら、

「朝、尚子ちゃん来るんだろう」

「良いじゃない、結婚していて赤ちゃんも出来ているの知ってるもの。隠れることないじゃないの」

「いや隠れる訳じゃあないけど」

「いいわ、じゃ明日の夜、また来てくれる？」

宮里の顔を睨むように見た。

「明日か。唐松弁護士と大阪に行く事になっているから無理だな。だけど本当にお腹、大丈夫か？」

「そう、分かった。明日は来れないのね。唐松弁護士って女性なの？」

「いや、男性で先輩さ。何でだい」

「聞いてみただけ」

富裕子は急に態度を変えて、太った腕で和樹をベッドに引っぱった。よろけてベッドに倒れた和樹に濃厚な接吻をした。

「浮気なんかしたら、私は自殺するわよ。貴男の赤ちゃんと一緒によ。ね……絶対に浮気なんかしないでね、ね」

と、また接吻をした。宮里はやっとベッドから逃れて、

「そんな事する訳無いだろう。何だ、焼き餅か。バカだな。富裕子と子供を愛しているから俺の命に保険掛けたんじゃないか。愛してなきゃ俺の命なんかやらないぞ」

と怒って背広を着た。

「ごめんなさい。私、赤ちゃんが出来てから少し情緒不安定なのよ。これも二人の赤ちゃんの為だもの我慢するわ。怒らないで」

と泣き出した。

「分かったよ。仕事バリバリしないと事務所も持てないから、少し我慢してくれ。子供が生まれる頃は高層マンションで君と子供と一緒に暮らせるじゃないか……な」

富裕子は顔を上げて笑った。

「そうね。和樹は私の物よ、絶対ね」

とベッドから出て来た。宮里はもう捕まらないように急いでカバンを取って、枕元に置いてあったスマホを胸のポケットに入れかけて、一瞬手を止めたが急いでポケットに入れた。

「じゃ、体に気を付けてな。大阪から帰ったら、また電話するよ」

と慌てて外に出て外灯の下でスマホを出して見て、ロックを掛け忘れたことに気が付いて、

「チェッ!!」

と舌打ちをした。


翔太が帰ってから数日後に電話があった。

「夜にすみません。先日はありがとうございました。皆喜んでくれて、それなら結納を早く済ませた方が良いと言われましたが、京子さんはどうでしょうか」

倉敷で半日程のデートで、まだ二人では二回しか話をしてなかったのに数日前に突然とプロポーズされ、それから数日しか経ってないのに結納をするのは、お見合い結婚だからなのかとも思われたが、翔太と結婚する事に決めたのだから早くても良いのではないかと考えて、

「ええ、早くても宜しいですわ」

電話の向こうの翔太がホッとしたような声になって、

「では、まだ佐々木様のご両親にもご挨拶をしてませんので、来月五月三日に私の両親と富成の叔母達とで伺わせて頂きたいのですが。それで、五日が大安とか叔母が言いまして、五日に結納をさせて頂くのはどうでしょうか。皆様の都合がそれで良ければ、富成の叔母から岡山の小川様に連絡して頂きまして、京子さんのご両親にお伝えして頂きますが、それで宜しいでしょうか」

「はい、宜しくお願いします。私も松下さんからお電話がありました事、小川と両親に伝えておきますから、もう日にちもあまりありませんわね。どうぞお気を付けて、三日にお待ちしておりますね。おやすみなさい」

「本当にありがとうございます。三日にお会い出来ますね。おやすみなさい」

翔太の和やかな声に抱擁力を感じた。

次の日、出雲に電話すると母の和子が出て、既に岡山の叔母から連絡があったとの事で、

「こんなめでたい話は早い方が良いということになってね。それで京子は二日の最終便で帰るでしょうが」

京子は、話がもうそこまで進んでいるのに驚いたが、そのような予定にしている事を話した。

「ああ分かった。正子達は一義さんの運転で車で来るって言ったから、二日の夕方には着くん

じゃないの。京子は出雲空港までお父さんが迎えに行くから、三日は着物を着るように仕度しておくから、朝一番で着付けをしてくれるように美容院に頼んでおくし、化粧品等忘れないようにね。

私も二日には美容院に行って来るから、待ってるからね」

電話を切ってから、京子は姉妹って同じ事を言うのかと思わず苦笑した。

五月三日は晴天だった。前夜、京子が父親の車で家に帰った時は賑やかな声で正子が環を相手に話をしていた。

「まあ、これで良かったわよ。富成さんも古い友達だし、翔太さんは兄夫婦の息子だし、それも四人兄弟の三男坊だしね。長男さんにも男の子が三人生まれているっていうから、環さんの願いが叶うと思うわよ。顔は写真で見たように美男子じゃあないけど笑うと優しそうだしね。そんな所に京子ちゃんは結婚を決めたんじゃないのかしらね。京子ちゃんは美人だし、スタイルは良いし、頭も良いから、松下さんは一目惚れかもね。私達、何組も仲介してきたけど、すんなりいく時はこんなものかしらね」

正子は一義と一緒に出された「半ベン」を肴に、お酒を呑んで上機嫌に話をしていた。

「ただいま帰りました」

京子の声に環が少しよろけながら出て来た。京子は環の一段と小さくなった肩を抱いた。

「お帰り、待ってたがね」

環は京子の手を取って自分の頭に当てた。一緒に居間に入り、京子はバッグを脇に置いて岡山の小川夫婦に、この度の事を丁寧にお礼を言った。台所から出て来た母の和子に、

「お帰り、お腹空いたでしょう」

と聞かれて、

「六時頃食事したから大丈夫よ。これお土産」

羽田空港で買って来た、「プリンロールケーキ」の三本入ったのを出した。

「まあ、重かっただろうにさ。明日出そうね」

母が仏間に菓子を持って行くのに京子も付いて入った。薄暗い仏間には、かつては金色に輝いていた仏壇が時を経て鈍い色になっていた。菓子を供えて灯明と線香を点けて、二人で会話も無く長い間手を合わせて拝んだ。和子は菓子を下げて前に置いてから、

「よう帰って来たね。あの後岡山の一義さんから、三日にお互いの家の挨拶が済んだら、五日が大安だから出来たら結納をしたらどうだろうかと言ってきたのよ。急な事だけど京子も勤めがあるし、その方が良いと思ってね。一義さんと正子は四日には玉造温泉でゆっくりして、五日に結納することに決めたのよ。勿論、松下家も了解のもとだけどね。それでもう一度京子の

気持ちだけど、本当に良いんだね」

と京子の顔をじっと見て、もう一度念を押すように言った。

「ええ、松下さんはあの笑顔の通り優しい思い遣りのある人だから、私、普段の顔で暮らせると思うのよ。まだ二回しか会ってないけど、それでプロポーズをお受けしたの」

「そう。なら良かった。相性さえ良ければ長い結婚生活、いなくてはならない人になっていくものだがね」

和子は京子の手を優しく撫でた。そして、

「お菓子、冷蔵庫に入れなきゃね」

と言って仏間を出て行った。

居間で小川夫婦と父親の松三がお酒を呑んで何か話をしていた。もう環は寝たようだった。

「なあ京子。五月五日に結納をするって母さんから聞いたか。松下さんは家の婿に貰うんだから、普通の結納とは違って、佐々木に来て結納品を持って松下家に行って、また松下家から返しの結納を預かって来るのが正式だけども、今一義さんと話して、玉造温泉の八重垣荘で略式でしたらという事にしたよ。結婚式の仲人は父さんの友人の県議の細川先生に頼むことにしたけど、結納は一義さんにしてもらいたいと頼んだところだ。一義さんは何度も仲人しているからな、今頃は結納をしない人達もいるらしいけど、佐々木家六代目を継ぐんだから、まあ略式でも八重垣荘なら一流の割烹旅館だし、どげだ」

父親が、赤い顔を綻ばせながら話した。京子は小川夫婦に改めて、

「宜しくお願い致します」

と手を付いて頭を下げた。

「良かったわ。京子ちゃん、松下さん優しい人だし、体はがっしりしているし、ああ見えても話が面白いのよ。兄弟皆、背は高いけど、翔太さんだけ一メートル九十センチもあるんだって。柔道やってたから力もあるだろうし、材木問屋の婿にはぴったりよね」

と、正子はもう正座が辛いのか、座椅子に寄り掛かって崩した足をさすりながら笑った。

和子が居間に入って来て、

「正子、二階の十畳に君ちゃんが布団を敷いたから、もう寝たら。洗面所に歯ブラシ出しといたけん、一義さん、岡山から車で来てお疲れでしょう。明日は皆様十一時過ぎに来られるのでゆっくり寝て下さいね。正子、ちょっと」

と次の間に行った。父も、

「じゃ休むとしますか。明日は忙しいし、まあ宜しく頼みますわ」

と言って立つと、一義も、

「休ませてもらいます。えーっと洗面所と」

と言って廊下に出て行った。京子はお盆を持って来て食卓の上の物を台所に下げると、君子が出て来て、

「私が洗いますけん」

と、お盆を取って洗い出した。

居間に戻ると母が、

「京子も疲れているだろうけど、明日の朝九時に美容院、予約してあるけんね。父さんの車で連れて行ってもらいなさい。ついでに着付けも頼んであるけん、正子には私の着物を着せる事にしたし、私達は家で着物着るし、環さんにも帯を締めてやらないとね。お風呂の湯加減みて入りなさいよ。京子の部屋にも君ちゃんに布団敷いてもらってあるから。さあさあ行って、後は私と君ちゃんとでやるけん。お風呂から出たら直ぐ寝なさいな。おやすみ」

と追い立てるように言って、京子は居間から出された。


京子は朝、何時ものように六時半に目が覚めたというか、スマホのアラームが鳴ったので起き上がった。障子から朝の光が入っていた。ガラス戸を開けるとひんやりとした風が入ってきて、都会と違う薫りも入ってきた。京子はお茶席に掛けてあった「薫風自南来」を思い出し、ああ気持ちが良いと背伸びをした。君子が朝食の仕度をしているのか、居間から食器を置く音

がしていた。父が迎えに来てくれて美容院から帰って来たのは、もう十一時になろうとしていた。正子が、

「まああ、きれいだこと、ね。姉さん、うちも女の子が欲しかったわ」

京子を惚れ惚れと見ながら、一回り廻って見た。母は隣部屋で環の帯を締めていた。帯を締め終わった環も出て来て、

「まあまあ、ほんにね」

と涙を滲ませていた。正子が、

「この着物、姉さんの結納の時の振り袖じゃないの。袖丈短くしたのかしら」

しげしげと着物を見ていた環が、

「そげだがね。和子にもとても似合っていたけど、妙子のお宮参りの時に袖を短くしたわね。この着物の色は正子や昭子には似合わんけん、色の白い和子と京子にしか着れん色だが」

薄い唐子色地に亀甲柄の中に宝尽くしの刺繍がされた華やかな着物だった。正子は、

「まあ、すみませんね。私も昭子姉さんも色黒で誰に似たのかしらね」

と環をからかった。たわいも無い女同士の話に背広を着た一義が、

「もうすぐ来られるから、大声出すんじゃないよ」

と正子を窘《たしな》めて、

「京子ちゃん、本当にきれいだよ。松下君もびっくりだよ」

と笑ったのを、正子は帯に挟んであった扇子で一義の膝をポンと叩いた。

正確に十一時半に玄関に車が止まり、富成夫婦と松下家の両親が降りて、翔太の運転する車を君子の夫の信吉が大きな車庫に誘導していった。

皆佐々木家の奥座敷の客間、十畳と八畳を開けはなたれた部屋に通された。既に十畳の床の間には「松竹梅」の三幅が掛けられ、床の間に牡丹が活けてあり、座布団も敷かれていた。広い畳の敷かれた縁側から八畳に入ると小川の義叔父が佐々木家の人達を紹介して、富成の夫豊が松下家の紹介をした。松三が十畳の部屋に入るように促し着座した頃合いに玉造のみどり館からの二の膳付きの膳が運ばれた。何か緊張感の中を、長く商社に勤めている小川の義叔父が話の糸口を切り出した。

「今年は春が少し早く来たようで、松下さんの果樹園でも、リンゴや梨等の花はやはり咲くのが早かったたですか」

と柔らかい話題を持ち出した。それを機に松三が、

「大した事も出来ませんが、どうぞ召し上がって下さい」

と挨拶をして、みどり館の女中が酌をして食事をしながらお互いの家の話で和やかな時が過ぎていった。松下の両親も富成の夫も京子の美しさをほめちぎり、酒の呑めない翔太はただ、

ぼーっとした顔で京子を見ていた。お酒も入って二時間、話も賑やかに打ち解けていたが、お膳が下ろされて、みどり館の好意で赤白の打ち菓子と薄茶が出された。

それを機に小川の一義が五月五日の結納の話を出した。

「今日はお忙しい中、両家の顔合わせも出来て私共と、また紹介下さった富成様とも安堵しております。また、内々での相談によりまして松下様のご都合が良ければ佐々木としましては十月頃に出雲大社にて式を挙げたいとの事です。出来るだけ早く結婚をと佐々木家よりの話がありまして、明後日五月五日が大安でもありますので、玉造温泉の『八重垣荘』で結納を執り行う事が出来るとの返事がありましたが、何せ急な事ですので、午前十時からとなりましたので宜しくお願い致します。本日はありがとうございました」

松下家の両親と翔太も、

「何分翔太を宜しくお願い致します」

と深々と挨拶をして、また翔太の運転で帰って行った。

「今日は良い日だったね、義兄さん。松下さんの両親も果樹園をしているだけあって朴訥な人達で翔太さんも親に似たんだね。父さんの顔によく似ていたし、男は顔じゃないよな、心だから、家に娘がいたら嫁にやりたいようだよ」

お酒の入った一義は赤い顔をして松三の前に座ってネクタイをほどき始めた。

「今日はすっかり一義さんに仕切ってもらって助かったよ。俺も自分が婿に来た時の事はすっかり忘れてて、二人の娘は嫁に出したが、まあ神戸や大阪の人だからホテルで先方さんの言う通りだったからね。今度は佐々木の家の六代目のことで、環さんの顔もあるだろうから、五日は宜しく頼みますよ」

松三も普段呑まないお酒に何時もより饒舌になっていて、二人は明日五日の結納の段取りの為に八重垣荘に出向く話を延々としていた。京子は母の和子と正子とで玄関まで見送りに出て、帰ってから皆で衣装部屋で着替えをしていた。

「おばあさん、疲れたでしょう。最近着物なんか着ないからね」

と母が環の帯を解いてやった。

「いいや、そげに京子の晴れ姿を見てたけんね。うれして、うれして、翔太さんとやらもなんか顔がまずいことなんかないがね。優しい目していて、京子に見とれてたで、ハハハ」

と環は笑いながら着替えて居間に入って行った。

「正子、本当にありがとう。礼を言うわ。良い婿さんだがね。私も安心したわ。それと一義さんにも後でお礼を言っとかないとね」

普段着に割烹着を着て、母は台所へと行った。もうみどり館の人達は仕出し膳を片付けて車で帰った後だった。

「都合の良い日に集金に来ますって言って、これ置いていかれましたよ」

君子が請求書の封筒を渡しながら、

「手伝人に御祝儀頂きましてありがとうございましたと言っておいて下さいって、背の低い板前さんが言ってましたよ」

君子は忘れそうになった言付けを急いで言った。


五月五日は子供の日らしく、この山陰地方も珍しいほどの晴天で風が無いせいか、前の家の鯉のぼりが太陽にうろこをキラキラさせて吊り下がっていた。佐々木家の人々は環をはじめ皆色留袖を着て、松三も紋付羽織袴の姿で奥から出て来た。

「京子はもう美容院から帰って来たかね」

と和子に聞いた。

「はい、もう帰っちょりますよ。成人式に作った京友禅の振り袖がまだ似合う歳で良かったですが、ほら、三軒先の吉田さんの嫁さんはこの間結婚の挨拶廻りに来られたら、もう三十四歳だとかで、やっぱり初々しさが無くてね。振り袖が可哀想だったがね」

松三は羽織の紐を結び直しながら、

「そげに余所様の陰口を言うではないぞ」

と珍しく和子を窘めた。奥の部屋から環をかばいながら京子が出て来て、

「何、喧嘩しているの」

「喧嘩なんかしてないがね。京子は初々しい嫁さんになるだろうと父さんと話してたとこだがね。ね、父さん」

松三も嬉しそうに京子を見ていた。


君子の亭主の信吉の運転で環と京子と松三達が八重垣荘に着いたのは九時半頃だった。すでに小川夫婦も一義はモーニングに正子は薄鼠色の色留袖に着替えて待っていて、和風なロビーのテーブルには桜茶が置かれていた。

「今日はこの地方としてはよく晴れた日で、本日はおめでとうございます」

と一義は何時ものように如才無く佐々木家の人達に挨拶をした。

「いやあ、一義さん達には仲人をお願いして本当にお世話をかけますな。また良い婿さんを探してもらって、佐々木の主としてお礼を言いますよ」

と丁寧に挨拶をした。環も正子に、

「うちも嬉しくてね。涙が出よりますが、おとこん子の内曾孫が見れたらと思うともう嬉して嬉して、鯉のぼりを立てえまでは、生きときゃあならんと思いますが」

一義の手を握って涙を流した。

京子はふと昨年のパリでの事を思い出した。今思い出しても甘酸っぱい息の詰まるような恋心、あの一夜の事は決して後悔してないし、竜一郎の事は忘れることはない。でも松下翔太を思うと、彼に対しても違う思いの愛を感じて結婚する気持ちになったのだし、そして今日皆に祝福されて結納の日を迎えられた事を心から安心している自分は偽善者なのかもしれないが、それでも良い、年老いた環がこんなに喜んでくれて、両親も後継者が出来た事を心から喜んでくれているのだし、自分も形式だけではなく、翔太の人となりに心を引かれて妻となるのを喜んでいるのだからと思った。これがあの占い師の言ったように、私は黒い影を背負っている女なのかしらと漠然と考えていた。

「京子も、ちゃんと小川の叔父さん達にご挨拶しなさいよ」

母の叱る声に我に返って、丁寧にお礼を言った。

「京子ちゃん、綺麗よ。ね、姉さん。同じ娘でも妙子や博子と比べると京子は器量が良いわね」

和子に小声で言った。

松下家は両親と翔太、そして富成夫婦が着かれてロビーで軽く挨拶を交わしている所に、八重垣荘の女将が出て来られて、両家に今日の結納に対しての祝いの言葉をのべて部屋へと案内してくれた。

八重垣荘の働きで急拵えとはいえ恙無く結納式が出来た。一義が、

「これにて滞りなくお二人の婚約が成立しました。おめでとうございます」

と述べ、松三が、

「仲人様には有り難うございました。また松下様におかれましても、幾久しく若い二人の為に宜しくお願い致します」

これは本当の形式的な口上で皆緊張して、普段仕事で色々と難しい交渉をしている一義も額の汗を拭きながら一息ついたように下座に座った。

八重垣荘の女将が出て来て、

「ご婚約おめでとうございます。皆様あちらにお祝いの席が整っておりますので、どうぞ」

と言われた。

大きな長いテーブルで座布団に座って足を下に下ろせるようになっていた。和子に、

「今時の人は正座が出来ないから皆こんなテーブルになってるのね。でも有り難いわ」

と小さな声で正子が言った。

小川夫婦と婿側の仲人の富成夫婦がテーブルの前に座り、両家が両側に着座した。

翔太と京子が向かい合いに座ることになり、翔太が京子を見て嬉しそうににっこり笑った。

京子はまるで夢を見ているように、皆にお膳立てされた中で婚約が調った事に、ついこの間まで見も知らなかった人とこれからの長い人生を共に過ごすことに不思議さを感じていたが、翔太の笑顔にホッとしている自分の心にも不思議を感じていた。仲居さん達が朱盃にお酒を注いで廻り、一義が立って、

「おめでとうございます」

の声に皆が盃に口を付けた。

「ややや、今日は小川様には媒酌人として誠にお世話になりまして、ありがとうございました。これで翔太も一人前の男として佐々木家の皆様の一員になります。親として心から感謝してます。今後共宜しくお願い致します」

松下の父親の幸男が酌に出て来た。

「これは恐れ入ります。家内が富成さんと懇意《こんい》にしていて、この度の事もお世話になったのですから、正子も実家に翔太君のような好青年に来てもらって喜んでおります。岡山と米子といえば直ぐ近くですから是非私共の方にも来て下さい。まあ返盃で」

と酒を注いだ。宴も和やかに進んだ頃、翔太が京子の側に来て小さな紙袋から指輪の箱を出して、皆が何ごとかと見る中で、

「京子さん、本当は今日、京子さんの指にはめてあげたかったんだけど、日にちが無かったの

と指のサイズが分からなかったので、石だけ入ってますから、都合の良い時に一緒に宝石店に行って作りましょう」

と白に金縁の廻った指輪の箱を出して京子に渡した。京子が受け取った箱の蓋を恐る恐る開けると、透き通った湖のような色の大きなアクアマリンが入っていた。

固唾を呑んで見ていた親達から大きな響《どよ》めきがおきた。隣に座っていた環が、

「あらー、綺麗な石だことね。京子、良かったね」

と涙を浮かべ、

「翔太さん、京子を宜しくお願いしますね」

と何遍も頭を下げた。

「何だお前エンゲージリング買ってたのか」

父親に言われて、

「昨日松江で宝石屋をやっている多田の店に行って相談したら、三月の誕生石はアクアマリンだと言って金庫から出して来てくれた中から選んだんだ。日にちも無いし京子さんの指のサイズを聞かれても分からなかったので、取り敢えず石だけ買って来たけど、結納の品の中に入れて良いか分からなかったから」

と頭を掻いて、

「二人で多田の店に行って京子さんの好きな指輪に作った方が良いかと思って、すみません」と京子に頭を下げた。突然なことで京子も手の中にある美しい宝石に見とれながら朴訥な翔太の愛情に包まれる喜びを感じた。

「ありがとうございます。こんな綺麗なアクアマリン、見たことも無いですわ。素敵なエンゲージリングになりますわね。私、一生大切に致します。とても嬉しいです」

思わず涙が流れた。

「翔太君、やったな!!」

と一義が大きな体の翔太の肩を叩いた。


松下家は翔太の運転で、岡山の小川夫婦は一義が明日から仕事があるので佐々木の社員が小川の車を運転し、帰りは列車で帰ると言って八重垣荘を出た。佐々木一家は信吉が迎えに来たので、ほろ酔い機嫌の松三が助手席に乗って家に帰った。環はつかれはてたように居間の椅子に腰掛けて誰に言うともなく着物を着たまま、

「今日は、ええ日だったわぁ。くたべぇたけど、うちは一安心しただがね。京子は綺麗だったし、翔太さんは男気があぁし、優しい人でえかったが」

座り込んで君子の出してくれた番茶を飲んだ。着替えを済ませた和子が奥から出て来て、

「環さん、着物着替ええの手伝おうかね」

環は手を振って、

「いいや、その前にご先祖様にご報告せな、京子も来ない」

と立ち上がった。環が疲れて、ふらつく足を和子が支えて、三人で仏間に入り灯明を点けた。


富裕子は段々と悪阻が酷くなり食事をしては吐き上げる時もあった。尚子に近くの小さなアパートを借りて朝から晩まで自分の世話をさせていた。太った体も少し窶《やつ》れたように見えたが、尚子が口に合う食事を作るのでお腹の子供は順調に育っていた。

「ねえ尚子ちゃん、赤ちゃんが出来るのってこんなに辛いの？」

「すみません。私まだ経験が無いので、あまり辛かったら横浜の家に戻られたらいかがですか？　奥様もいらっしゃいますから」

「駄目よ。和樹が来なくなるわ。そんなことしたら、浮気……」

と言いかけて黙った。尚子は聞こえない振りをして食事の後片付けをした。

「ねえ、麦茶ちょうだい。麦茶よ」

慌てて尚子はコップに自分が作った麦茶を入れて持って来た。富裕子は一気に飲んで、

「あ〜、すーっとした。ありがとう」

とコップを置いた。もう少しで六月に入ろうとしている晴れ間に尚子はせっせと洗濯を干していた。富裕子のスマホに京子からラインが入ってきた。

「暫くね。元気？」

何よ、こっちは悪阻で気分が悪いのに……と思ったが、暫く連絡もしていなかったから、宮里との事も話してなかった事に気が付いて、

「久し振りね。報告遅くなったけど、宮里さんと結婚しました。赤ちゃん三カ月目になるよ（ハートマーク）」

「（ビックリマーク）まあ本当？　おめでとう。私も先日婚約しました。それと桜子も許嫁と正式に婚約したそうよ（ハートマーク）」

「私が一歩先にママになるのね（乾杯マーク二つ）」

「六月末に出雲に帰ります。その前に会いたいわね」

「私、悪阻が辛くて出られないから来て。連絡ちょうだいね（べそマーク）」

「はーい、行きます。頑張って（手を振るマーク）」

ああ、皆結婚か。でも私はもう子供が出来たしね。幸せ先取りよ。下着が透けて見えるピンクのジョーゼットのネグリジェを着て、ソファにもたれながら、サイダー味の飴を口に放り込

んだ。

桜子は福島にある座間家の本家に登と両親とで正式に婚約をした事を報告のご挨拶に行き、菩提寺の住職にもご挨拶に行って、先祖代々の墓をお参りした。お墓は大きな敷地の奥正面に大きな石碑が立ち両側に何基もの石塔が並んでいて、自分がこの家の嫁になることを公私共に確信した。

「桜子さん、父は次男だから、このお墓のお守りをしなくて良いんだからね。ただ福島の座間の本家との付き合いはしなくちゃならないけど、君の家もご実家との付き合いはあるだろう。山形の名士の家だから、結婚式には僕もご挨拶するよ」

登は桜子の手を握った。

五月も末あたりから座間家の母屋に繋がるように桜子達の新居になる家の土台が打たれ始めた。

桜子は毎週土曜日にお琴のお稽古に四谷の先生宅に通っていた。婚約するあたりからお稽古を休むようになっていたが、久し振りに午後のお稽古に向かった。お休みをしていた事をお詫

びすると、

「郡司さん、結婚式も近くなると段々忙しくなるわね。あまり無理をしなくて良いんですよ。今日は原田さんと一緒に久し振りに『みだれ』を弾いてみなさいな」

大分前に習ったので弾けるかと迷っていたが先生が譜面を出してくれたので、気持ちを落ち着かせて二人で柱を直して調子を合わせてから弾いた。原田弓子はまだ高校生なので、引きずられるようにやっと弾く事が出来た。二時間程、他の生徒さんの稽古を見学して五時に先生宅を出た。

何時もならそのまま帰宅するが、結婚すれば時間に制約されると思って、高校時代に仲の良かった辻本加代が嫁いだ寿司屋の「松寿司」へ寄ってみたくなった。母親に食事をして帰ることをメールしてから同じ四谷にある「松寿司」へと向かった。加代は、今は松田加代といい、一歳の男の子の母親になっていた。近頃は夕方から九時頃まで店を手伝っていると昨日メールを貰ったので急に会いたくなり、多分、寿司屋も六時頃から忙しくなるかもしれないと思い加代がお店にいる頃を見計らって、途中で加代にラインを送った。

「今、麹町。これからお店に行っても良い？」

直ぐに返信が来た。

「午後は五時開店だから待っている」

「五時半頃になるけど」

「待ってます」

加代の屈託のない顔が目に浮かぶようだった。出産祝いに病院へ行ったきりで、夫の両親と一緒に暮らしている婚家先へはなかなか足が向かなかったので、かれこれ一年振りに会うことを時の経つのが早いと思った。「ソーセージ」と呼ばれる程何時も一緒だったが、加代は高校卒業後は実家のそば屋を手伝い、知人の紹介で三年前に結婚していた。その後あまり会えなくなっていたが、ラインやメールで姑の愚痴や悩み事をしてきていたので、会って話をするよりお互いの心をさらけ出せる仲になっていた。

「松寿司」の暖簾を潜ると奥から、

「いらっしゃーい」

と大きな声で寿司ネタを並べたカウンターの中から加代と夫の良治の声がした。店は衝立で仕切られた三卓のテーブルを置いた座敷と、土間には四人掛けのテーブルが六卓とカウンター席のある三十人程が入れる店である。まだ客も三、四人がテーブル席に座っているだけだった。

「暫くです」

桜子はカウンターの中の良治に挨拶をした。若い職人が二人、立ち働いていた。

「ああ、いらっしゃい。こちらこそ、ご無沙汰で」

と手を動かしながら如才なく頭をぺこんと下げた。多分加代から聞いていたのだろう。加代が顔を出して、

「暫くね。でも何時もラインやメールしているから暫くじゃあないみたいね」

と笑った。

「忙しくなる時間にごめんなさい。今、麹町のお琴の帰りなのよ。たまにはお寿司が食べたくなって……カウンター席に座っても良い？」

「あ、良いわよ。その方が話が出来るしね」

桜子はカウンター席の一番奥に腰掛けた。

加代が上がりを持って来て、

「婚約したんだって。おめでとう。遂に独身貴族におさらばね」

桜子も笑いながら、

「裕太君、大きくなったでしょ」

おしぼりで手を拭きながら聞いた。

「そう。もう少し歩き出してね。大変よ。義母さんが見てくれているのよ。六時半頃になると義父さんがお店に出て来るわ」

「ご繁盛で何よりね」

桜子は熱いお茶を飲んだ。良治が寿司を載せる台をカウンターに置いてガリを大盛りに脇に置いた。

「桜子さん、何から握りますか」

「そうね。やっぱり中トロ四貫、小鰭《こはだ》二貫、ホタテ二貫と、やっぱり赤貝かしらね」

加代が顔を見て、

「お腹空いてるの？」

「やあね、お客様が混み出すと頼みづらいじゃないの」

良治がすかさずネタを切って握り出した。

今お店に入って来たのだろう、後ろの出入り口に近いテーブル席から聞いた事のある男性の声がした。

「待たせたね。遅くなっちゃって」

桜子はチラっと後ろを見た。桜子がお店に入って来た時に、入り口に近い席に座っていた若い女性の前にその男性は座った。

「いらっしゃい」

良治も若い店員も大きな声で客を迎えた。

太い独特な声は確かに富裕子の夫の宮里和樹。奇遇だわ、何で親しげに話をしているのかしら。桜子は顔を見られないように後ろを振り向くのをやめた。加代が上がりを持って宮里の席に行った。

「暫くです。珠子さん、大分お待ちでしたよ。お寿司召し上がりますか？」

と聞いている。

「珠子は食べたの？　すみません、僕はこれで失礼します」

加代がレジで一言二言話をして、二人は出て行った様子だった。加代がお代わりの熱い上がりを持って来たので、

「珠子さんて誰なの？」

桜子が好奇心丸出しな顔で小声で聞いた。

「ああ珠子さんね。妹の理絵の大学の友達でね。さっきの男の人、宮里さんと結婚するらしいけど……」

奥の調理場から良治の父親の建治が出て来て、桜子と話をしている加代をジロっと見た。

「お邪魔してます。良治さん、ご馳走様でした。また寄せてもらいますね」

加代の舅の建治にも軽く会釈して立ち上がった。レジの向こうから良治が、

「また寄って下さい」

と愛想を言った。

「ご馳走様。やっぱり松寿司は美味しいわ。幾ら？」

「何時もありがとう。三千二百円です」

加代は舅に聞こえるように大きな声で言って、

「さっきの事、九時過ぎに家から電話するね」

二千円だけ取って小声で加代が言った。桜子も指でＯＫを出して、

「ご馳走様。また来ますね」

「ありがとうございました」

加代が大きな声を出すと、良治に軽く会釈をして表に出た。

桜子は家に帰る道すがら、もう既に結婚している宮里がなぜ珠子という女性と結婚しようとしているのか、どう考えても分からなかった。何か話そうとしていた加代が舅や夫の前で話を躊躇《ためら》ったことにも何かあるのか。まさか結婚詐欺？　嫌な気持ちが脳裏を駆け巡っていた。兎も角、九時過ぎに加代から電話があるまではお風呂にも入らずに携帯を手元から離さず、テレビを見る気にもなれなくて自分の部屋に立てこもっていた。

「桜子、どうしたの。お風呂にも入らないで」

母の晃子がドアを開けた。

「さっき加代さんの所へ行った時、話があるけどお店では出来ないようなので、九時過ぎに電

話するって言っていたから待っているのよ。ごめんなさい、心配かけて」

「そう、だったら良いのよ。お父様も心配なさっているから、電話が終わったら下に降りていらっしゃい」

母の晃子はドアを閉めた。九時少し過ぎに加代から電話が掛かってきた。

「さっきはごめんね。今義母さんがお風呂に入ったから電話したのよ」

「そう、で、さっきの珠子さんだったわね。う〜んと、宮里さんだっけ、あの人と何時結婚するの？」

加代はちょっと躊躇している様子だったが、

「お客様の事を話すのは良くないけど……理絵の話だと、珠子さん、浜野珠子っていうんだけど、家が大きな製菓会社の一人娘でね。宮里さんとはどこで知り合ったかは知らないけど、そうだ、宮里さんは虎ノ門あたりの弁護士事務所にいる弁護士さんだそうよ。

珠子さんが親に結婚したいと話したら、珠子さんのお父さんと宮里さんのお父さんが知り合いで、以前何かややこしい問題があって、仲違いしていたらしいのよ。珠子さんのお父さんが『一人前に自分で弁護士事務所が持てるようじゃなければ結婚は許さん』と言われたと珠子さん悩んでいるけど、別れる事も出来ないんじゃないの。宮里さんのお父さんが何をしたのかは理絵にも言わないらしいけど、珠子さんの家は財産家だし、その一人娘の婿としては不足に思っているんじゃないのかしら。でも珠子さんまだ二十三だし、宮里さんも三十になったばかりのようだから、親に力が無きゃあね。自分の力じゃ事務所なんか持てる訳ないでしょ。もう付き合ってから二年近いんじゃないの。珠子さん、まだ大学生だったと思うけどね。誰にも内緒よ。理絵の友達でも、お客様だからさ」

加代の話を聞いた桜子は、驚きのあまり一瞬、言葉が詰まった。

「桜子、どうしたの。もしもし、聞こえてる?」

「あ、聞こえてる、ごめん。下から母の声がしたから、そう、宮里さんだっけ。どこかで会ったような気がするんだけど、思い出せないのよ。ほら声が独特じゃない。声楽家かと思ったり、弁護士さんなの? どこで会ったのかな。忘れちゃったわ」

と話をそらすように軽く笑った。

「良治さんは穏やかな人なんだけど、お義父さんは私がお客様と話をするのを嫌がるのよ。だってカウンターに座る常連さんだったら、無駄話もする時あるじゃない。特にアルコールなんか入るとさ……私はこれでも店の為と思って話をしていると、後で『うちはバーじゃないんだ』と怒られるのよ。だから今日も電話したの。お店まだ混んでなかったじゃない。まあ良治さんが優しいからね。桜子も舅と一緒は駄目よ。その婚約者、長男だっけ。気を付けなきゃね」

「まあね、お義母さんお風呂から出るといけないから、でも話が出来て良かったわ。メールやラインも良いけど、今度、裕太君連れてディズニーランドにでも行かない？　私、有休あるから」

「それってグッドアイディアね。ハハハ。偶には心に風穴開けて新鮮な空気入れないとカビが生えちゃいそうよ。おやすみ」

「そうよ、心の洗濯ね。おやすみ」

電話を切ってから桜子は今の話、どうしようと気持ちが高ぶった。そんなに親しくない富裕子に直に話をするのも軽率だし、明日は日曜だから京子にメールして、どこかで会って話をしようと思った。

京子は婚約をした午後に、松江で翔太にエンゲージリングを作ってもらった。

もう一カ月程でこの部屋を空け渡すためにも今日はベッドマットや夜具を干すつもりが、生憎と雨が降り出してきた。結婚の日取りは十月末頃に決まったようで、七月には出雲に帰るし自由の身もあと少し、と部屋を見廻した。結婚相手の翔太は親に似たのか人柄が実直で祖母の環は、

「婿として来てもらうのには持ってこいな人よ。京子はしっかりしている娘だから、それを越える程の遣り手では合わんがね。けど包容力のある人だから二人で佐々木家を守ってくれるわ」

と乗り気だった。京子は、三度会っただけで決めたが、それは自分より背が高く、何より人の心を和ませる自然な笑顔を持つ翔太を見て、この人となら一生共に暮らすことが出来るだろうと思ったからだった。

「死ぬ程惚れた人でも三年までよ。実直で安心していられる人が良いのよ。お父さんみたいにね」

母にも言われて、結婚ってそんなものかしら、大学時代に時々京子の部屋に泊まっていった山下弘二とは友達感覚で二年程は付き合ったけど、何の未練も無いし、パリでの松尾竜一郎とはまるで魂を奪われたように、お互いに結婚は出来ないと分かっていても一夜を共にしなければ心が残る程愛する人だった。もしかして、私の恋はパリで終わったのかもしれないと漠然と考えていた。今思い出しても顔が火照るほど好きだが、彼との生活を考えても、あの大きな松尾御流の後継ぎを支えていく力は自分には無いし、翔太には申し訳ないと思いながら、一生私の心の奥底に恋という魂が燃焼して愛情は脱け殻となって残るのかもしれない。

ベランダにしとしとと降っている雨を漠然と見ていると、突然携帯が鳴った。桜子からのラインだった。

「これから会えない？」

雨だけど、まあ久し振りだからどこかでランチしても良いかなと思って、

「うん、いいわよ。どこで会う？」

「品川駅の『マチス』、十一時半は？」

「オッケー」

でも急に何だろう。雨の中、余程暇なのかしら……と考えながら、まあ出雲に帰ったらこんなふうには会えないから……と時計を見た。まだ九時、部屋の掃除をしてから出掛ける事にしようと京子は立ち上がった。

品川駅中の喫茶「マチス」に約束の時間より少し前に着いた。もう桜子がカウンターを囲んで十卓程のテーブルがある、人通りが見える席に座っていた。

「早かったのね」

「ううん、今来たところよ。雨の中、呼び出してごめんなさいね。どうしても話をしなきゃならない事があってね」

何時もあまり喜怒哀楽を顔に出さない桜子が、切羽詰まった面持ちでレインコートを脱ぐ京子を見上げた。

「何、どうしたの、そんな顔をして」

京子は横の椅子にバッグと裏返して畳んだレインコートを置いて座った。桜子が話し掛けようとした時ウエイトレスが水を持って来て、

「何になさいますか」

と聞かれたので、

「桜子、何にしたの？」

「今少し前に来たからまだ頼んで無いの。何にする？　クラブサンドイッチ、それともスパゲッティ。何でも良いわ」

「話があるんでしょ。じゃ、ミックスサンドと紅茶で良いかしら？」

桜子を見ると、何も関心が無いように黙って頷いた。京子はウエイトレスに、

「二人共ミックスサンドと紅茶をお願いします」

桜子の無表情な顔を見ながら注文した。

「はい。ではミックスサンドお二つと、紅茶お二つですね」

ウエイトレスが注文書を書いて立ち去った。

「どうしたの？　桜子らしくない顔して。話って何？」

京子は氷の入った水を一口飲んで聞いた。

桜子はやっと決心が付いた面持ちで、昨日の「松寿司」での話を始めた。

「え……本当に？　その人、宮里さんだったの？　人違いじゃないの？　だって、富裕子はお父様の喪が明けてから結婚式するって言ってたでしょ。お式こそまだだけど赤ちゃんも出来ているし、五月末には籍を入れたって言ってたでしょ。その加代さんっていうお友達、本当に弁護士の宮里和樹って言ったの？」

「そうなのよ。相手の女性は加代さんの妹の理絵さんの親友で珠子さんという人で、姉の嫁ぎ先の『松寿司』を待ち合わせ場所のようにして珠子さんと来てたらしいし、理絵さんに色々と相談しているみたいなのよ。ああー、嫌ね。富裕子、騙されてるんじゃないの？　夜になっても頭から離れないで、眠れないのよ。ああ嫌ね。不潔!!」

大きな吐息をついて、桜子はコップの氷をガリガリ噛んだ。何時もお淑やかな桜子の形相に、京子は、婚約したといっても、多分まだ彼に抱かれた事の無い潔癖症の桜子には身の毛もよだつような思いがしたのだろうと思いながら、京子にも何が何だか分からず、テーブルに運ばれた紅茶を飲んだ。

「ねえ、富裕子に何て言おうかしら。話した方が良いんじゃない。それとも探偵会社に依頼した方が良いかしら」

興奮状態の桜子が黙っている京子にたたみ込むように聞いた。京子はその場にいなかったの

でどうしたら良いのか分からないが、考えてみたら、これは宮里和樹と富裕子の問題で、周りが騒ぎ立てることでは無いと思い、

「富裕子は妊娠して急に入籍したでしょ。宮里さんと珠子さんとの今の関係が分からないじゃないの？　でも富裕子は意外と知っているかもしれないわよ。彼女、結構男性との付き合いが派手だから、逆に珠子さんから彼を奪ったかもしれないわよ。憶測だけどね」

「え……そんな事ありなの？　まあ、富裕子の事は私より貴女の方が付き合いは深いし、彼女の事よく知っているから。え……だって考えられないわ。嘘……」

桜子は目を白黒させて、慌てて、また氷を口に入れてガリガリ噛んだ。

「私がそれとなく富裕子に話してみるから、それで彼女が知っていたら、もう私達が騒ぐこともないし、知らなかったら宮里さんに問いただすか、それとも探偵を雇うかでしょ。私達周りで騒がない方が良いと思うのよ。ね、私から話してみるから」

京子は少し冷静な声で桜子を慰めた。

「まあ、確かにそう言われれば、そうね。でも私は嫌だわ。貴女、富裕子に話してね。もう私、忘れる事にしたわ」

溜め息をつきながら、桜子はやっとサンドイッチを食べ始め、紺に白の水玉のワンピースを着た清楚な旧華族のお嬢様に戻っていた。

「私、六月いっぱいで銀行を辞めて七月には出雲に帰る予定なのよ。もう貴女ともあまり会えないわね」

京子は桜子の顔を見ながら、冷めた紅茶の残りを飲んだ。

「富裕子の事、また報告するから」

「ううん。もう忘れるわ。だって貴女が間に入っての富裕子との付き合いだもの。また出雲に帰る前に食事しましょうよ」

と言って、桜子は何も無かったかのようにサンドイッチを食べていた。

二人は、駅の通路から丸見えの席をやっと立ち上がった。

京子は桜子と別れてから、駅の雑踏の中を歩きながら、この話をどうしたらよいのかと考えていた。

確かに富裕子には高校時代からボーイフレンドとか彼氏だったりとか男性の話は尽きなかったから、桜子に話したように、その珠子とかいう女性から宮里を奪い取ることもしかねないが、でもこれは自分の憶測にすぎず、もし知らなかったらどうなるのか。宮里は昨年の暮れに高校の友人、坂本美由貴夫妻が企画してくれた合コンの時に初めて会った人だった。

条件は独身であることだったが、あの時桜子は親の決めた許嫁がいたが、元々男性には興味が無かったのを京子の誘いで出席しただけだし、京子も祖母環と出雲の家の後継ぎとして絶対に婿を取るという約束をしての東京暮らしだが、富裕子は父親の死後、社長をしている兄と、会社の副社長をしている昭二と結婚している五歳年上の姉の三人兄妹の末なので、別に結婚には制約が無い身だ。父親が持っていた白金台のマンションの一部で大学入学から一人暮らしのまったく気楽な生活をしていて、気紛れにピアノを趣味としているくらいで、外国旅行をしたり、曾祖父から三代目になる貿易会社の仕事で東南アジア等の買い付けに兄達と同行したりしているせいもあり、また父親譲りの大きな目鼻だちとポッテリとしたやや大きめな口に何時も真っ赤な口紅を付けていて、グラマーな体型に派手な服装をしているので男性によく声を掛けられ、それが富裕子の自慢でもあった。

あの夜会った男性の中では、やはり宮里は一際目立つイケメンだし、女性を魅了する低い声の持ち主だったたから、帰り際に富裕子が、

「私、宮里さんのような声が好きよ。身体が痺れちゃうわ」

と言っていたのを思い出すと、やはりこの結婚があまりにも急なことでもあったし、富裕子から持ちかけたのかもしれないと、だんだん思えるようになってきた。

勤めを辞めてマンションを引き払うので富裕子と話をするにはもうあまり日が無いと思った。今日は雨だし、出たついでに富裕子と会って話をしてみた方が良いと思い、スマホに電話して

みた。

「もしもし。京子、どうしたの？」

怠そうな声がした。

「ああ富裕子。突然電話してごめんなさいね。今、品川まで来たついでにちょっと会いたくなってね。都合どうかしら」

電話口の向こうでちょっと間をおいた感じが、少し変に思えた。

「どこか体が悪いの？」

「そうなのよ。私も話があるけど、今家を出られないので、来てくれるかな」

「そう、分かった。じゃタクシーで行くから。でも体調悪いのに、いいの」

「ふん。ネグリジェだけど、待ってるね」

何時もの富裕子らしくない大儀そうな声で答えた。こんな時、桜子が話していたこと言っても大丈夫かしらと思いながらも、自分が出雲に帰ることはもうとうに話してあるのだから、顔だけでも見て、話しづらかったら話さないで帰ることにした。

白金台のマンションは三階建てで、２ＬＤＫの部屋が十二ある。一階の奥が富裕子の部屋だった。富裕子の車が止めてある玄関のチャイムを鳴らすと、

「ハーイ、待ってたわ」

と鍵を開けてくれた。

京子はドアを後ろ手に閉めて、揃えてあったスリッパを履いた。

「風邪でも引いたの。悪かったんじゃない」

赤にフリルが付いたネグリジェを着た富裕子は化粧っ気の無い顔でちょっと薄笑いをして、

「うん大丈夫よ。悪阻だって」

革のソファにすとんと腰掛けた。

「まあ、悪阻ひどいの」

「そう、和樹が、そりゃ喜んだけどね。でも悪阻ひどくて、兄の所にいるお手伝いの尚子に食事の仕度や家事、頼んでいるのよ」

ああ、とソファに寄り掛かった。

「そう、悪阻ならしょうが無いわね。病気じゃあないものね」

「よく言うわね。辛いのよ。生まれるまで悪阻のある人もいるらしいのよ」

「大丈夫よ。そのうちに良くなるから、予定日は？」

「一月だってさ。で、今日は何の用なの」

「ごめんなさい。この間も話したじゃない。六月に銀行辞めて、七月には出雲に帰るので、貴女とも会う時間が無いと思ってね。悪阻がひどいなんて知らなかったから、プリンスホテルで夕飯でも食べられないかと思ったのよ。もちろん宮里さんともね」

「ああ、そうなの。それで結婚式は何時なの？」

「十月に予約が出来たって環さんから電話があって、叔母夫婦や神戸の姉達も来るし、七月に帰ったら忙しいわ」

「そうなんだ。あああ、誰かと話をしてた方が気が紛れるわ。でも私、出席出来ない、残念だわ」

富裕子は身を起こして、

「今、麦茶持って来るから」

とネグリジェをひきずるようにして冷蔵庫から冷えたボトルとグラスを持って来た。

「尚子の作った麦茶じゃないと駄目なのよ。飲んで」

グラスに注いだ麦茶を無造作に置いて、自分で一口飲んで、

「あ〜、すっとしたわ」

何時もは美容院でまとめてもらっている髪を背中まで下げたのを掻き上げた。

「ねえ、富裕子。気分の悪い時にこんな話をしてどうかと思うんだけど……」

「何？」

京子は冷たい麦茶を口に少し含んでから飲みこんだ。

「この間桜子に会った時の話だけど、道の反対側の歩道を宮里さんが若い女性と歩いているのを見たといって、とても気にしていたのよ。彼女潔癖症だから、私『人違いじゃない』って言ったけど、『そんなに広い道じゃあないし、とても親しそうだった』からって。ごめんね、こんな事耳に入れちゃって」

京子は恐る恐る話しながらも話した事を後悔していた。

富裕子はパッと大きな目を京子に向けて含みを帯びた笑い顔になった。

「ハハハ。多分、珠子さんと一緒にいたんじゃないの。彼ね、珠子さんとも付き合ってたのよ。要するに二股かけてたのよ」

ニヤニヤ笑った。

「富裕子、それでも良かったの？　今も付き合っているみたいじゃない」

「う〜ん、私は彼と結婚したわ。式は喪中だからまだだけど、婚姻届も出して宮里の本当の妻よ。それとさ、お腹には彼のベビーが出来たしね。彼ね、この間、私が受取人の生命保険掛けてくれたの。彼の身も心も私の物。でも彼、優しいから別れるタイミング見ているのよ、きっと」

と、男を勝ち取った満面の笑みを京子に投げ掛けてきた。

「私、どうしても和樹が欲しかったのよ。パパが死んだ後ね、兄が社長になったじゃない。で、義兄が副社長になった時に兄嫁の美佐代さんから相談をされてね。姉をパパがお気に入りの社員だった山下昭二と結婚させたのよ。以前話した事あるかしら。その義兄はパパが見込んだだけあって遣り手で、兄は一応社長になったけど、義姉、美佐代さんがそのうちに社長の座を山下さんに取られるんじゃないかって、残念ながら私の目から見ても兄と義兄とでは才覚が違うと思うのよ。今は義叔父が専務になっているからそんな直ぐではないだろうけど、義姉の心配も分かるのよ。私が弁護士の和樹と結婚すれば義姉の心配も少なくなるしね。私、和樹に『独立して弁護士事務所持ったら、このマンションはパパから相続して私の物だし、お金なら心配ないから、宮里弁護士事務所を作りなさいよ』って言ったのよ。彼、女にも弱いけど、お金にも弱いから」

富裕子は先程の悪阻はどこに飛んでいったのかと思う程、高揚した顔で麦茶のグラスを高々と上げて、

「やっぱりお金よ」

乾杯するようにして高笑いした。

京子は背筋が凍るような悪寒を感じた。

富裕子とは聖和女子大附属高校から三年間は組替えも無く一緒で、背も同じくらいだったし、三月三日生まれという生年月日も同じだったので、互いに性格も知っていたつもりだったし、

大学も学部は違っても、たまに旅行や食事をしてきた付き合いだったが、今のような富裕子を見たのは初めてだった。

　確かに高校時代から男性の付き合いは頻繁だったようだ。母親を早く亡くしたせいもあるだろうし、また父親も女性関係が派手だとぼやいていたので淋しかったのかもしれないが、彼女が恋人をお金で釣るようなことをするとは思わなかった。

「いいのよ。まあ女性にもてない男なんて私、嫌いだから」

　と言いながら流石《さすが》に悪阻の辛い彼女に戻ったようで弱々しく言った。

「私、出雲に帰ったら一緒に食事に行く事も出来ないと思って電話したんだけど、でも赤ちゃんが生まれるまでは身体を大切にしてね。お手伝いの方は毎日来てるの？」

「そう。美佐代義姉さんが尚子を朝から夕方まで来させてくれているのよ。まあそのうちに尚子は家の手伝いにして、近くのアパートに住まわせようと思っているのよ」

「そう、なら安心ね。また東京を引き揚げる時に電話するわね。くれぐれも身体、お大事にね」

　京子はマンションを出て、さっきの自分の知らない富裕子の姿を思い出すと、後ろを見る気持ちにもならず、傘をさして車の通る所まで歩いた。

　大学を出てたいして年月も経ってないのに男女のことになると人間て変わるのかしら。それとも自分は富裕子の表だけ見て付き合ってきたのかと、親友と思っていた人に裏切られた思いでいっぱいだった。タクシーで部屋に帰り着いたのは、もう夕方になっていた。


「もしもし、あら、叔母様、京子です。銀行に六月二十日付で退職すると辞表を出してきたので、六月いっぱいでマンションを出る事に話が決まったの」

「まあ、良かったわね。お姉さんも喜ぶわよ。だってお式まで三カ月ちょっとだから、多分姉さん、環さんから色々と言われていると思うわよ。早く出雲に電話しなさいね。私忙しいけど、片付けの手伝いに行くわよ」

「大丈夫よ、そんなに荷物無いし。今は運送屋さんに頼めば全部やってくれるから。でも帰る日は寄るわ。じゃあ、またね。義叔父様にも宜しくお伝え下さいね」

東京に出してくれたのも五反田に暮らしている母の妹で、夫が大学病院に勤務医をしている友塚昭子の家から高校に通うことが出来たからだ。叔母は母とは違い性格がはっきりしている人で、京子の祖母環とは性格が似ているせいか、そりが合わずに神戸の大学を出ると直ぐに義叔父の雅夫と結婚した。祖母も離れてみると似た者同士というか、はっきりした昭子を信頼し京子を任せることにしたようだった。叔母のはきはきした声を聞いて京子は少しホッとした。富裕子とは当分の間はラインやメールをすることを止めた。考えてみたら自分だって別に愛してもいない、ただ気の合う男友達の山下を数回部屋に泊めたこともあるし、パリでは松尾竜一郎とも互いに絶対に結婚出来ない相手と知りつつ夢を見ているような一夜を共にしたけど、京子の中では相手の男性に対して自分の肉体美やお金に関わったことは全く無かっただけに、今日の富裕子の言動に別の世界の男女の関係を見せられたようで、同じ誕生日というだけで何となく付き合ってきたが、これで彼女との付き合いは終わったと思った。

祖母に電話をしてから椅子に腰掛け、狭い部屋を見廻した。大学に入って以来のこの七年間、独身生活を送ってきたこの場所で、自分は一体何を学んできたのか、実直な松下翔太とこれから結婚することが人生の出発点なのか、それとも終着点なのか等ボンヤリと考えていた。京子は、祖母や母との約束通り出雲の材木業の六代目を継ぐことには、子供の頃から言われてきたし異論も無かった。また婚約した松下翔太とはまだ数回デートをしただけだが結納の時にエンゲージリングを見せられた時、朴訥で不器用なのかもしれないが人を愛することの出来る人なのだと思ったたし、無骨だけど笑顔が優しい人で安心して結婚という道を一緒に歩んでいけると確信している。姉や妹のように自由な人生を選べなかったが、でも生まれ育った土地で祖母や両親と一緒に暮らせるのは幸せな事かと思えるようになってきた。もう一人暮らしも七年になろうとしている。他の姉妹とは違い祖母環が、

「これからの人は広い世界を知らないと。家業を継ぐのに片寄った人間にならないように、京

子は東京の大学を出て世間を見てくるが良い。母さんの和子は体が弱かったけど、まだ私が若かったので五代目として和子の婿に松三さんに来てもらって私が和子に代わってこの佐々木木材店の経営も出来たけど、もう京子の代になったら、京子とその婿になる人とで六代目を継いでいかなければならないから、東京に出て世間を勉強してきなさい」

といった環の一声で、京子だけは他の姉妹とは違って大学時代にも充分な仕送りをしてくれたので、アルバイトもせずに勉強に打ち込む事が出来たし、交換留学もさせてもらい幸せだったと思う。

この東京という掴みどころのない場所での生活が、古代から歴史のある出雲に帰ってからの翔太との結婚生活において、未来の糧となっていくのかもしれない。京子は、ふと今年の一月に新橋のビルの脇から呼び止められて思わず買ったお守りを捜した。何時の頃からかバッグの中から机の引き出しの奥に入れていたお守りを箱から出して眺めて見た。一体、何のお守りなのかしら。私の背中に黒い影が付いているなんて言われ、急に恐ろしくなって買ったけど、これは魔除けなのかしら……と思いながら、また箱に蓋をして引き出しに戻した。

夕食は富裕子と外食にするつもりだったが、してこなかったので冷蔵庫を開けてあり合わせのものですませた。

マンションの片付けも大分終わり、引っ越しセンターの予約の日も近づいてきた。スッキリとした部屋を見廻し、出雲の広い家を思うと、もう東京の借り住まいには未練はなかった。

「私も出雲人だわね」

あの苔むした庭を思い出しながら、京子は独り言を言ってクスッと笑った。

京子が出雲に行く前にと坂本美由貴が友人達を誘ってささやかな送別会をしてくれた時、桜子も来たが、富裕子の話には触れなかった。美由貴が、

「桜子も新居が出来たら結婚ね。頼れる人がいるのって良いわよ」

「それって惚気《のろけ》？」

女性同士のたわいの無い話をしながら和やかに別れる事が出来た。

別れ際に桜子が寄って来て、

「京子のお陰で登さんと結婚出来るわ。許嫁なんて勝手に親同士が決めたこと、と偏見を持っていたのを貴女の言葉で破ることが出来たのよ。兄妹のようにしてきたけど、登さんも私が好きだったみたい。新居は九月頃に出来るので十月には結婚するわ。多分京子と同じ頃ね。ありがとう、お幸せにね」

と両手で京子の手を握った。京子も桜子の手を握り返して、

「良かったわ、貴女もね、またメールするから。遠いっていったって飛行機で一時間だもの。また会いましょうね」

皆と別れて駅に向かった。

六月の第四金曜日、仕事が終わり支店長室に挨拶に行った。

「長い間大変お世話になりました。仕事もあまり出来ませんのに、色々とご指導下さいましてありがとうございました」

と深くお辞儀をすると、

「佐々木さん、ご結婚おめでとう。貴女なら良い家庭が作れるよ。元気でね」

と如才なく部屋の外まで送ってくれた。仲の良かった人達にはもう送別会をしてもらっていたので、挨拶に廻って銀行を出た。

六月の梅雨の晴れ間か、どんよりとした夕暮れの町を、私の第一幕は終わったのかしら、などと思いながら歩いた。店の明かりがやたらと明るく見えた。

出雲に帰るまでの間タンスの中の物を箱に詰めたり、五反田の叔母の家に行ったりと落ち着かない数日を過ごしていた。土曜日に引っ越しセンターの車が来て荷物を送りだすと、身の廻りの荷物と机の引き出しに入れてあったお守りをバッグに入れて、また五反田の叔母の家に泊まりに行った。長くお世話になったのだから、出来たら敏やひかりにも会いたいし、義叔父にも長い間世話になった挨拶もしたかった。

ドアホーンにひかりが出て、

「ああ、お姉ちゃん来たわよ」

と言いながらドアを開けてくれた。

「お邪魔しまーす」

京子は台所の叔母に声を掛けた。

「いらっしゃい。いよいよ帰るのね。もう荷物出したの？」

「ええ、不動産屋さんが来て部屋を見たので鍵を渡して出て来たわ。何かさっぱりした気持ちよ。義叔父さんにも会ってお礼を言いたいし、敏君にも会いたいしね。一晩お世話になります」

「お父さんは今晩帰るけど、敏は病院の当直だから明日十時頃には帰ると思うけど」

手を動かしながらの話で、

「今夜はお赤飯を作るのよ。お昼まだでしょ。ひかりと即席ラーメンを食べようと思っているけど、どうかしら」

京子は持っていた袋を出して、

「品川駅からちらし寿司を買ってきたのよ」

と包みをテーブルに出すとひかりが、

「さすがにお気の付きますこと。若奥様」

笑いながら包みを取り上げてテーブルに持って行った。

夜は義叔父と四人で、叔母が心を込めて作ってくれたお祝いの食事をした。

「翔太君は良い人だよ。まあ長い夫婦生活には色々な事もあるけど、優しい人だし、また環さんもお父さんお母さん達も、安心して家を任せることが出来るだろうと私は信じているよ。京子ちゃんも大所帯で会社の事もあり大変だけど二人で力を合わせて暮らすことだね。夫婦は支えたり支えられたりだ。な、昭子」

と少し酔っぱらったのか赤い顔をして叔母を見たが、台所に行っていた叔母の代わりにひかりが義叔父の顔を覗いて、

「はい、御意」

と頭を下げてペロっと舌を出した。

「京子ちゃん、お風呂に入ったら、明日は何時の飛行機なの？」

「十一時頃には失礼しなければね」

「そう、じゃあお兄ちゃんにも会えるかもね」

と言いながら、椅子に寄り掛かって寝ている父親を覗きこんでから食事の後片付けを始めた。

一緒に片付けようと立ち上がった京子に、

「ここはいいから、早くお風呂に入ってもう寝なさいよ。疲れているだろうからさ」

叔母が言ってくれた。

翌日は生憎の雨で、帰って来た敏の運転でひかりと三人で羽田に向かった。

「気をつけてね。結婚式、出来たら僕達も行くつもりだけどね。出雲のおばあちゃん達にも会いたいしね」

真顔で敏が言った。ひかりが急に京子にハグして、

「幸せにね」

と涙目で言ったのを見て、京子も涙がこみ上げるのを隠しながら、

「ありがとう。待ってるけんね!!」

と大きな声で言って飛行場の中に入って行った。


出雲空港に着いた時には三時半になっていた。羽田から電話をしておいたので、父の松三が車で迎えに来ていた。

「よう帰ったな」

と笑顔で迎えてくれた。

「まあ梅雨だけん、しょうが無いけどな」

と言いながら傘を差し掛け、車の中に入れてくれた。

「さっき友塚の昭子さんから電話があってな、長い間世話になったけん、母さんがお礼を言ってたわ。友塚の皆は、まめだかね」

「ええ、皆元気よ。羽田まで敏君とひかりちゃんが車で送ってくれたのよ」

五月の結納からまだ二カ月と経っていないのに、もう旅人のように帰ることなく、この出雲の地で暮らすことに安堵している自分に気が付いた。

「やっぱり私には出雲の波長が合っているんだわ」と父の出雲弁を聞きながら思った。

山陰の冬はしんしんと大雪が降るが、梅雨には雨が音もなく、しとしとと降る。道路側の家の庭には紫陽花が色とりどりに咲き乱れ、雨に打たれて色が一層彩やかに見える樹々の間を車は我が家へと向かって走った。

「ただいま帰りました」

京子は広い土間の玄関から家の中に上がった。廊下を環が足を引きずるようにして出て来た。

「ああ、よう帰って来たなあ。待ってたで、雨に濡れなんだかいな」

京子の背中をさすりながら居間に入った。母の和子も台所から出て来て、

「無事に帰れて良かったわね。お父さん、ご苦労様でした」

居間に入って来た松三に声を掛けて、

「今さっき、信吉っあんが松江の和菓子を買ってきてくれたけん、お父さんも工場の方に行く

前にちょっこしお茶を飲むだわね」

とお盆に抹茶の用意をしてあるのを出して、テーブルの上に載せた。環が、

「先にご先祖様に帰った報告をするだわね」

と京子と仏間に入った。

天井からぶら下がった薄暗い電気を点けて、仏壇にお灯明を点け、線香をあげた。長い間こうして線香を焚いてきたので、既に部屋の中には線香の香りが染み着いていた。京子はまた鴨居に並んだ先祖の人達の写真を見廻した。この家を翔太さんと、いずれは生まれてくるであろう子供達家族で守らねばならないのだと、自分の人生の第二幕目の始まりを感じた。バッグの中からお守りを出して、大きな仏壇の隅にそっと置いた。環から渡された瑪瑙の数珠を手に環のそらんじたお経に付いて久々に経本を見ながら経を上げた。

環は京子の前に座って、

「よう帰って来てくれたね。昨年岡山の正子から電話があって、何でも二、三年前に東京で松尾流の花展の時に京子を連れて見に行った時、同じ花を習っている友達が『姪ごさんを紹介されて綺麗なお嬢さんだと記憶していたが、去年の六月にパリの何とかいう有名な美術館で、その松尾流の若家元と姪ごさんが絵を見て歩いているのを偶然見て。松尾流の若家元と結婚するのではないか』と電話があったそうで、正子もびっくりして五反田の昭子に電話で聞いたそう

だけど、昭子もそげな話は京子から聞いてないと言うだども、なんせ、京子は人目に付くほどの美人だけんの。若家元から嫁になってほしいなど、そげな話が出たら大変だと言ってな。早く佐々木の家を継いでくれる良い人を探して結婚させなきゃあならんと正子は責任を感じて、八方手をつくして、あの松下翔太さんを見つけたそうな。何でも早々と見合いさせて、結納まですれば京子がその若宗匠の事を忘れるんじゃないかということだったんだわ。

私もまんだ誰にも話した事が無いだども、十七の時、会社に勤め始めた昨三さんに一目惚れして、自分が佐々木の唯一の後継ぎだと分かっていたけど、その人が好きで好きでどうすることも出来んで、婿に迎えてほしいと親に言ったけど反対されたから二人で駆け落ちしたんだわね。でもまんだ十七、十八の娘だし、相手もまだやっと二十になった人だけん駆け落ちいうたってやっと玉造に泊まっただけで直ぐに家の者に引き戻されて、泣く泣く別れさせられてなあ。辛かったわ」

と大きな溜め息をついた。京子は昭子叔母さんからそれとなく聞いていた話だから特別には驚かなかったが、環がもう六十年も前の事をこんなに鮮明に覚えていることに驚いた。

「まあ私の初恋の人だけんね。亡くなったおじいさんには悪いけど、今でもその人を好いとるがね」

と薄暗い電灯の下で遠くを見るような目で溜め息をするような小さな声で「京子は昨三さん

にようにているだけん」と京子の手を取って、声を出さずに笑った。

京子は自分がこの家を継ぐ意味が分かり、環が隠された初恋を成就したかったことを感じ、この年老いた、いえ……女性が昨三への愛を心の中で育てていたことに驚き、目を見張った。

「そげでも親の言う通りこの家の後を継いで子供達が生まれて、また孫や曾孫が出来てみると、やっぱりこの道を歩いて来て良かったんだと思っているがね。京子とその若宗匠の事は私には分からんけど、家を守るということは大切な事だけん、こうやって無事に松下さんと京子が家を継いでくれて、私はもう何時死んでもいいが、京子、これから辛い事もいっぱいあるだろうけど、松下さんとなら大丈夫だがね。ありがとう」

と環は京子の手を握って言った。

京子は目の前に座っている環の話を聞いて、環にも私が竜一郎を思う以上に辛い別れがあったのだと思うと、老いて小さくなった環の体を思わず抱きしめた。


居間に戻ると、母和子と君子が夕飯の仕度に忙しく立ち働いていた。

「まあ二人で何話してたね。折角信吉っあんが買ってきてくれた〝朝汐〟も食べずに」

と言いながら二人にポットのお湯で抹茶を点ててくれた。君子が、

「よう戻られました。また家族が増えられると嬉しいですが」

とピョコンと頭を下げた。

「また君ちゃんにお世話になるわね」

と言って、京子は抹茶茶碗の後片付けをしに台所に立った。

和子が、

「父さんからでも聞いただろうけど、環さんもだんだん体がえらく（弱く）なってきたけん、母屋の私達の隣の部屋に移って、環さんがいた離れは二間だけけん、もう一部屋増築して京子達の部屋にしたらと環さんが言うけんね。この家も百年から経っているから、水廻りやら何やら改築して同時に離れにも小さな台所を付けたら便利だと、事務所の田所さんは建築士だけん設計するって言ったけん、京子も注文があったら今のうちに話しておくだわ。九月末までには全部出来るそうだから」

京子も忙しくて東京にいる時は翔太と毎日ラインや電話で話していて、挙式は十月八日の休日になったことや、翔太が九月中で米子JAを辞めること等は知っていたし、松三からの電話で挙式は出雲大社で行うことやら、また翔太の電話で木材の勉強かたがた新婚旅行はカナダに決めたいと、出雲、米子、東京とで電話やメールでほぼ決まっていたが、新居として広い部屋など考えていなかったので環や両親がそんな予定を組んでくれていたのは本当に嬉しかった。

夕食は家族と君子や信吉との賑やかな食事になった。自分が東京に出た時はまだ髪も黒かった君子や信吉もすっかり白髪交じりの頭になっていて、手伝いとして家に来ていて結婚が遅かったので二人の間には子供は無く、もう佐々木家の家族のようになっていた。

離れに少し増築を始めたのは七月も中頃で中国地方は梅雨も明ける頃だった。京子は二階の姉達と暮らしていた部屋に持って来た荷物と共に暮らし、母や君子に料理や掃除の仕方を教わり、日曜日は翔太と松江や山口等をドライブしていたが、一度だけ車の中で翔太が急に京子を見つめて、狂おしいほどの接吻をしたが、けっして宿に泊まろう等という事は無かった。

結納が終わっても結婚するまでは一線を越えてはならないと律儀な翔太を、京子は心から愛するようになっていた。

富裕子は妊娠五カ月に入ろうとしてやっと悪阻も治まり、少し食欲も出てきていた。梅雨も明け暑い日が続き、だんだんとお腹も目立つようになってきたが、普段からボディースーツを着ているので少し太りぎみの富裕子はあまり気にしていなかった。横浜の義姉から電話が掛かった。

「富裕子さん、まだ別居婚してるの。赤ちゃんも五カ月になるんだし、もうそろそろ宮里さんと一緒に暮らさないと、ご近所にも変に思われるわよ。それと戌の日に腹帯をしないとね」

優柔不断な富裕子に少しきつい口調で言った。

「そうなの。へえ、戌の日なんてあるの。私何時も特注のボディースーツ着ているから、そんな腹帯なんて面倒なのしたくないわ」

と義姉の強い口調を跳ね返すように言った。

「まあ今度の診察日に先生に聞いてごらんなさい。それと母子手帳」

「分かったわよ。でも和樹さんとの事は夫婦で決めてるから、義姉さんにとやかく言われたくないわ。尚子ちゃん来させるのが大変ならこちらで家政婦雇うから、尚子ちゃん明日から来なくていいわよ」

と反発した。

「別に尚子ちゃんがそっちに毎日行っても構わないわよ。私は初産の富裕子ちゃんを心配して言っているんだけど、もう何も言わないわ。何か困った事があったら尚子ちゃんに言い付けてね」

と電話を切った。

「ああ、むしゃくしゃするわ。三日も和樹が来ないなんて、私、珠子なんかに負けないわ。明日また事務所に電話しちゃおう。事務所の人達に決まり悪いから急いで来るわね」

と可笑しそうに笑った。実際この頃、足の遠のく日が増えていた。宮里からの電話が鳴った。

「まだ寝てなかった？　ごめん。ここんところ大変な仕事が入ってさ。皆事務所に泊まり込みで調べ物したり、大変だったんだよ。明日の法廷でおよそ一段落するからさ。明日はゆっくり寝て、明後日は久し振りに二人で外で食事したいから、良いかな。富裕子に早く会いたいよ」

と太い声で少し甘えたように和樹が言った。

「ええ嬉しいわ。浮気でもしているかと思って淋しかったのよ」

「バカだな。そんな事する訳ないだろう。ホテルかどこかに予約を取るよ。また明日電話するから待っててくれな。愛しているよ。おやすみ」

「おやすみなさい」

切れた電話を持ったままソファに寝ころんで、電話にキスをした。

翌日、昼過ぎに和樹から電話があり、

「やっと終わったよ。何日も風呂に入ってないから部屋に帰ってまず風呂だ。それからゆっくり寝るよ。僕のむさいところを富裕子には見られたく無いからな。床屋に行くから多分昼過ぎになると思うよ。さっきスマホで調べたら明日は横浜で花火大会があるようだぞ。どこか夕食をとりながら花火が見れる所を探すよ。明日僕が車の運転するから、まず富裕子の所に行ってから出掛けよう。いいかな？」

「そうね、花火もいいわね。ビアガーデンで、ホテルの屋上なんか涼しいしね。待っているう〜。ダーリン」

「じゃあーな、早いけど僕にはお休みだ。おやすみ」

富裕子は早速、洋服ダンスからお気に入りのワンピースを出してみた。鼻歌を歌いながら、

「まだ着れるわ。でもヒールは中ヒールにしよっと」

尚子がキッチンから顔を出して、

「お出掛けですか？」

「そうよ。明日横浜の花火を和樹と見に行くのよ。そうだ明日は尚子ちゃん来なくても良いわよ」

あまりのご機嫌に、

「分かりました。でも大勢の人混みの中だから気を付けて下さいね」

「大丈夫よ、和樹と一緒だしさぁ」

「分かりました。じゃあ明日は来なくて良いですね。冷蔵庫にサラダを作って置いときます。パンは今朝買ってきましたから」

と言って夕食の仕度をして帰った。

富裕子は翌日、例の美容院に行ってセットとマニキュアとペティキュアをしてもらって、

「ああ綺麗ね、この髪形。アキちゃん上手ね」

帰ってから入念に化粧をして、白にハイビスカスの花柄が浮き出るようなジョーゼットの二枚重ねで、ウエストを絞らないフワリとした長めのワンピースが富裕子の派手な顔に似合った。クロコダイルの小型のショルダーバッグを持って同じワニ革の中ヒールの靴を履いてみた。

「足がむくんでいるから少し痛いけど、車だから大丈夫ね」

と独り言を言いながらいそいそと仕度をした。一時過ぎに宮里が来た。

「お～奥様、綺麗ですね。ではお供しましょうか」

と言うなり、いきなりキスをしてきた。

「ねえ、一休みしてから行かないこと」

和樹の首に手を廻して言った。

「駄目だよ。混むから少し早めに出ないと。もう場所は予約してあるから大丈夫だけど、花火始まったら混むぞ」

と言って車に乗り込んだ。しぶしぶ助手席に富裕子が座り、シートベルトをした。

やっぱり渋滞していた。高速に乗りやっとの思いでホテルの近くに行くと、もう交通規制が張られていて警察官が誘導していた。一方通行の道を、

「仕方ないなあ。君はここで降りなさい。僕は駐車場探して車を置いてくるから」

富裕子を目立つ看板の側に降ろして駐車場を探しに行ってしまった。

しばらくして宮里が帰って来て、

「さすがに人出が多いな。あそこがホテルだよ」

と指差したのは四階建ての小さなホテルだった。

「なかなか屋上のビアガーデンが予約出来なくって、やっと見つけたんだ。入ろうか」

腕時計を見て、

「やっぱり時間が掛かったなぁ」

富裕子の手を引いて歩き出した。エレベーターで屋上まで行くと、所狭しとテーブルと椅子が置かれていて、まだ花火が始まらないのに、もう賑やかに生ビールで乾杯をしたりする若者でいっぱいだった。富裕子はもう少しリッチで静かに花火見物が出来るかと思い着飾って来たのにと不満げだった。席に着くと自分の頭の上を両手に何杯ものジョッキを持ったウエイトレスが人をかき分けて、

「すみませ〜ん」

と腰をくねらせて通って行った。

あまりの騒々しさとタバコの煙とで吐き気を催した。

「顔色が悪いけど、大丈夫か」

と宮里が覗き込んだが、折角予約してくれたのに悪いと我慢して、

「う〜ん、大丈夫よ。ビール飲んで」

自分はウーロン茶を頼んで飲みながら、

「わあ、花火が上がった」

「良い席だったなあ」

皆が総立ちになって歓声を上げげた。

「綺麗ね。久し振りに花火を見たわ。何時もあのホテルの部屋を予約して、部屋のベランダでパパ達と見てたのよ」

と言ったが、大声で騒ぐ人達の声で宮里の耳には届かなかった。花火が一息ついて、次の花火に点火する前に富裕子はたまりかねて、

「ねえ和樹さん、やっぱり私、疲れたわ。帰りましょうよ」

と耳元で言った。

「ああ、そうだね。楽しかったね。僕少し酔っぱらっちゃったよ。帰るとするか」

立ち上がった時、また花火が上がり始めた。人の椅子にぶつかりながらやっとエレベーターに乗った。出口で支払いを済ませて外に出たが、大勢の花火見物の人達でやっと車道に出た。

「和樹さん、駐車場はどこなの？」

富裕子はあたりを見廻してみた。

「えーと駐車場はと、五番って書いてあった所だよ。向こうの方だ」

と指を差した。

「しまった。僕が運転して帰るつもりだったのにビール飲んじゃって、困ったなあ」

「いいわよ。私、ビール飲んでないから私が運転して帰るわ」

「大丈夫か」

「妊娠してたってまだ運転出来るわよ。どこからあそこに行くの」

「嫌だな、この歩道橋渡らなきゃならないよ」

そんなに飲んでいない宮里が、よろけるように歩きながら言った。

「私なら大丈夫よ。和樹さん、階段大丈夫なの？」

「ああ大丈夫だとも。足元気を付けろよ」

と言いながら歩道橋を上り始めた。

「すこし疲れたけど風が涼しいわ」

富裕子は和樹の先にたって歩いた。

「まあ、花火が綺麗よ。そうか、歩道橋の上では花火見物しちゃあいけないのよね」

と言って下りの階段を下りようとして、ワンピースの裾を持ち上げるため手摺から手を離した時、後ろにいた宮里がよろけながら富裕子の足を蹴った。もんどりうって富裕子はころげ落ち、歩道橋の下のコンクリートに頭を打った瞬間、見たのは歩道橋の上の宮里だった。

「どうした‼　大丈夫か富裕子、誰か救急車を呼んで下さい」

宮里が大声で叫びながら駈け下りて来たが、もう富裕子は頭から血を出して、大きな目を開けたまま息が絶えていた。大勢の人だかりが出来ていた。


京子は翔太に送ってもらって家に着いた。和子が、

「もう婿さんと同じなんだから、夕食くらい食べていってもらえば良かったのに」

とぼやきながら翔太の車を見送った。

今日は少し遠出をしたけど将来にたいしてのたわいもない話をしたり、昼食は翔太が調べた鰻屋さんに寄って穴道湖七珍の中で、赤貝飯も美味いが、やっぱり鰻が一番美味しいといって翔太は鰻が一番大きな［松］を頼んだのを見て京子は笑うと、

「どうも大食いで、すみません」

頭をかきかき笑った。

夕食後、お風呂に入り部屋でテレビを見ているとスマホが鳴った。

「もしもし京子、今テレビ見てる？」

「見てるけど、急にどうしたの？」

突拍子もなく電話をしてきた桜子に驚いた。

「東京とはチャンネルが違うだろうけどＮＨＫにしてみて」

干からびたような声で叫んだ。

「富裕子が死んだのよ。テレビ見てる？　歩道橋から落ちて……死んだってニュースで言ってるわ」

京子は驚いてテレビの番組を替えた。ニュースの時間なのか、確かにキャスターが歩道橋の近くで話している途中だった。

「今夜八時頃、女性が歩道橋の階段から落ちて救急車で運ばれましたが心肺停止のようです。あちらに警察車両が二台来て現場検証を行っています。事故現場からは以上です」

といって映像が変わり、アナウンサーが、

「先程のニュースでお伝えしました方は病院で死亡が確認されました。ご主人の証言では、奥様で宮里富裕子さん二十六歳で、花火を見に来られてご主人の宮里和樹さんに気分が悪いと言われ、車道の反対側に停めてあった車に乗るために歩道橋を渡っていての事故のようです。目撃者の証言では落下する女性を助けようと男性が大声で叫びながら降りて来たが、間に合わなかったという事です。では次のニュース……」

「嘘よ、嘘。富裕子が死ぬなんて」

京子は震えながらテレビを消したが、何か嫌な気がした。あの歩道橋……見たことある。でも歩道橋はどこも同じようだもの、と首を振った。そう、夢で、確か今年の三月三日のお誕生日の朝方に、夢の中で歩道橋から落ちた。いえ、落とされたのは私だった。そう、私が宮里に足を蹴られて落とされて、上を見たら宮里が笑っていた。自分の悲鳴で目が覚めて、震えが止まらなかった。嫌、嘘よ、だって同じよ。何で富裕子なの……京子は何が何だか分からなくなった。

また桜子から電話が掛かってきた。

「ニュース見た？　やっぱり富裕子よね。写真見た？　こっちでは写真も出たのよ。何でこんなことになったのよ。さっき民放では宮里さんがキャスターの質問に憔悴しきった顔で答えていたわ。お腹の赤ちゃん、もうすぐ五カ月になるところだったって。今は何も考えられませんって。で、どうする？　明日にでも宮里さんに電話……は分からないわよね。

ねえ、聞いてるの？」

桜子の不安そうな声に、

「私は出雲だし、今宮里さんも警察とか取り込み中だと思うのよ。事故か事件か、暫くは忙しいんじゃないの。また後日落ち着いた頃に富裕子のマンションに手紙出すわ。連絡が付いたらお香典送りましょうよ」

冷静な声ではっきり桜子に言った。

「そうよね、そうしましょう。じゃあ、その時は知らせてね」

と電話を切った。京子は急にあのお守りを思い出した。

急いで階段を下りて仏間に入った。居間にいた和子が驚いて、

「どげしたね」

と声を掛けた。仏間の電気を点けて仏壇の隅に置いてあったお守りを恐る恐る取った。

「変わりはないわ」

袋の中のお守りを見て同じく紙で包んだ御札に触った瞬間、京子は声を上げるところだった。

梵字の書かれた木札が真っ二つに割れていたのだ。震えながら紙の中から割れた木札を手に取った。私を守ってくれたんだわ。涙が出て止まらなかった。富裕子に、このお守りの事を話しながら見せた時、

「騙されたのよ。私ならこんなお守り買わないわ」

笑いながら私に返す時、

「重いのね」

って言ったけど、私が受け取った時には重くはなかった……。

あの占い師が言っていた黒い影は富裕子に移ったのかもしれない。

京子は手の中のお守りをどうしようと思いながら、また仏壇に戻した。

青い顔をして出て来た京子を和子が心配して、

「どげしたの。顔色が悪いよ」

と近寄って来た。その場に座り込んだ京子が弱々しい声でお守りの話をした。

「さっきのテレビの人、京子の友達だったかね。そげかね。お腹に赤ちゃんがいたげで、可哀想にね。昔、源頼朝の妻の北条政子の夢買いの話は読んだことあるけど……さあ分からんね。でもお守りが割れたり無くなった時は守ってくれて身代わりになってくれたって話を聞いた事はあるけんね。環さんにも話して、二人でその友達の為にお経を上げて冥福を祈ってあげたらどげなね」

と京子の背中を優しく撫でた。

環は話を聞いて、

「可哀想にね。京子の身代わりに死になさったかは分からんけど、そりゃ占いの人が言った事を信じる訳でも無いけど、人間というものは誰もが人に話せない間違いを犯したり、他の人に自分でも気が付かない罪を犯しているのが、自分の肩や背中にのしかかって生きていると聞いとるがね。だから神様、仏様を拝む時は、自分の願い事をするのではなく、日頃の自分の罪深さを許して下さいといって拝むんだと聞いとるよ。お経を上げる時も、自分で分からず人を傷付けているかもしれん罪を許してもらう心でお経を上げるんだよ。その友達も子供の生まれるのをどんなに楽しみにしてなさったか。旦那さんも、さぞやがっかりしてなさるか。二人で冥福を祈ってあげようね」

痛い膝を手で庇いながら立ち上がって仏間に入った。

祖母の環には夢の話をしたが、自分を突き落とした時、薄笑いを浮かべていた宮里の事はあまりに生々しくて話せなかった。

あれは事故ではない、絶対に宮里に殺されたんだ。何も証拠は無いけど、知っているのは富裕子と私だけと思いながら、お経を上げた。

桜子から電話があったのは二日後の事だった。

「美由貴さんからご主人の坂本太一さん達高校の友人が葬儀に出るから一緒にお参りしないかって電話があったの。富裕子とはあまり付き合いは無かったけど、一緒に行く事にしたわ。京子は遠いから無理よね。香典だけでも立て替えておきましょうか。皆さんどのくらいお包みするか聞いてね。どうする？」

京子は宮里の声を聞きたく無かったから、皆様と同じようにと頼んだ。

「私、富裕子さんあまり好きなタイプじゃあなかったけど、可哀想な死に方だし、いないと淋しいわね」

しみじみとした声で電話が切れた。


佐々木家は十月八日の結婚式が近く賑わっていた。環のいた廊下続きの離れも八畳一間と小さなキッチンを付けたり、トイレの改造も終わり、翔太の荷物も納まった。翔太の唯一の希望で、寝室はベッドではなく布団で寝たいと言うので家具と共に二組の布団が届いた。

花嫁衣装の白無垢に鶴の刺繍の打ち掛けは母和子の花嫁衣装で、環が借金までして作ったものだったが、背の高い京子の為に苦心して少し丈を長くしてもらって、衣装掛けに掛けられた。横の衣装箱には結納の時の振り袖や帯がうこんの風呂敷に包まれて用意されていた。

父方の親戚や祖父の本家からも祝いが届けられ、また前日は五反田の友塚一家、岡山から小川一義夫婦、姉達が神戸と大阪から来たので皆、玉造温泉に泊まり、前夜祭のような賑わいになった。妹の典子だけは実家に泊まり、京子と一緒の部屋に寝た。

結婚式当日は、翔太が晴れ男と言っていたように、晴れ上がった秋空のもと出雲大社で結婚式を挙げ、近くのホテルで披露宴をした。佐々木家には近頃に無い程の親戚が集まり、また松下家も米子や松江に住む翔太の叔父達や友人が入れ替わり立ち替わり挨拶に来られた。

老いた環が疲れた様子も見せずに挨拶をしているのを見て、京子はこれで良かったのだと思った。飲めないお酒をすすめられて緊張した面持ちでビールのグラスに口を付けるだけで真っ赤な顔になっている翔太を見て、急に愛しい人と思えてきた。

二人はホテルで一泊して、翌日、両親や叔母達に送られて出雲空港からカナダのバンクーバーへと新婚旅行に旅立って行った。

二人が旅立った後の家は久し振りに静かになり、疲れを見せなかった環が寝込むようになった。典子は祖母の枕元に食事を運び、

「おばあちゃん、私が結婚するまで元気でいてね。約束よ」

とお粥を口に運んでやっていたが、京子達がカナダに旅立ってから三日目の夜中に、誰にも看取られず一人静かに息を引き取った。佐々木家は大黒柱を亡くして大きな悲しみに包まれていたが、カナダの新婚旅行中の二人に知らせることなく、親戚縁者と盛大な葬儀が執り行われた。

環は夫の修司を四十八歳の若さで癌で亡くしてからは長女和子に婿として迎えた松三を一人前にするように自分も形振りかまわず佐々木木材店を経営して安い輸入木材と争いながら今の木材加工所も造り、家事を君子に任せて働いてきた。従業員も十五名にもなり、今は松三が社

長として会社を切り盛りしているが、佐々木家には無くてはならない環を失ったことは大きな穴が空いたようだった。

十日間の新婚旅行も終わり、翔太と京子はすっかり夫婦らしくなって出雲に帰って来た。飛行場に松三が迎えに来て三人で車に乗った時、松三が車を出さずに、

「京子、翔太さん、帰るなりこげな話はしたく無いがの……環さんが亡くなったが」

と静かに話した。京子達は旅行からの延長で楽しい話を沢山しようとしていた矢先だったので、一瞬言葉が出ずに、横向きで話をしている父親の顔を凝視した。翔太が京子の手をギュッと握り、

「そげに、何時の事ですか？」

声を詰まらせて小さな声で聞いた。

「うん。お前達を送った後、三日目の夜中に急に亡くなってな。母さんが朝、環さんの声が聞こえんので部屋に行ったら、もう駄目だったわ。医者の杉山先生を呼んだがな、夜中に心臓発作を起こしたのだろうって言ってな、一応警察にも知らせたども、警察が関わること無く杉山先生が死亡診断書を書いてくれてな。葬儀も終わって今は客間におるんだよ。帰る早々こげな話はしたくなかったども、家に帰れば分かる事だけん、許してくれ」

と話し終えた父が泣いた。

京子は翔太に抱かれて声を上げて泣いた。翔太も震える腕で京子をしっかり抱いて泣いた。

「環さんにカナダの話をいっぱいしようと楽しみに帰ったのに、もう会えないなんて、そんなの嫌、嫌」

と翔太にしがみついて泣いた。一頻り車の中は泣き声でいっぱいだったが、松三が涙を拭きながら、

「そげに泣いたところで環さんが生き返る訳でもなしな。本当に残念なことだが、杉山先生は苦しまずに逝かれたけん、それが何よりな事だって言ってくれてな。もう一つ残念なのは京子達の子供の顔を見せてあげたかったがの。でも環さんは翔太さんが婿に来てくれたことを心から喜んでいたけんね。佐々木の家も安泰だって何回も何回も言っていたから、環さんに代わって京子を宜しくお願いしますよ」

と頭を下げた。

翔太は、京子をきつく抱きしめていた手を緩めて、

「私ごときに、そげな事言って下さって有り難い事です。一日も早く佐々木の家の者として会社の事も一生懸命させてもらいますので、宜しくお願いします。何時も京子から環おばあさんの事聞かされて色々な事を教えてもらうつもりだったのに残念です。環おばあさんに安心して

もらえるように家の事も会社の事も覚えさせてもらいますから、お父さん宜しく指導して下さい」

と京子から手を離して、腰掛けている膝をきちんと合わせて両手を膝に付いて深々と頭を下げた。

「いやあ、有り難いことですがね。環さんが見込んだだけあって、良い跡取りが出来たわ。京子、良かったな。仲良く暮らすんだぞ」

と涙を拭いながら車のエンジンを掛けた。


帰るなり客間に入ると、花で囲まれた祭壇に環の遺骨が置かれてあった。

「旅行に行く時は笑顔で見送ってくれたのに……」

と泣きながら二人でお参りして、環にと思って買ってきた土産を供えて笑っている遺影を見た。

居間に戻って家族が皆迎えてくれているのに何となく家の中の空気が違ったように、どことなく物足りない寒さを感じた。

結婚してからもう二年も過ぎた十一月に五反田の敏が結婚するというので、母の和子と京子は一歳二カ月になった悠斗を連れて上京した。環があんなに望んでいた男の子が翔太と京子の間に生まれていた。五反田の叔母も、

「本当に悠斗ちゃんを環さんに見せたかったわね。一歳二カ月にしては大きいわね。生まれた時、何キロあったの？」

京子は笑いながら、

「四・一キロあったのよ。産むの大変だったけど、翔太さんのお母さんに聞いたら、翔太さんは四・三キロあったそうよ。でも三人目だったからそんなに大変じゃあなかったって」

「へえ〜、本当に背も高いし、ウン、ハネムーンベイビーかな」

とひかりが茶化した。

結婚式は都内のホテルであり、大学の友人も大勢出席していた。京子は久々に神戸に住む姉の妙子や大阪堺市に住む博子、まだ独身の典子達とも会うことができた。賑やかにおしゃべりする姉妹の間をまだ一歳二カ月といっても背は高いが、まだ口がよく廻らない悠斗が転びながら走り回っていた。

「ねえ、ちょっと友達に電話してきていいかしら。悠斗、頼むわ」

誰とはなしに言うと岡山の正子と話をしていた母の和子が、

「いいわよ、静かな所に行って話してきなさいよ」

と言ってくれたので「友塚家控室」の部屋から出て廊下の隅の椅子に座った。

「もしもし、桜子。暫くね。元気？　利加ちゃん大きくなったでしょう。そう、もう八カ月になるのね。子育てって大変よね。でも公務員は産休が一年もあるから助かるわね。そう、この間電話した五反田のいとこの結婚式でね、母と私が悠斗を連れて来てるのよ。結婚式が終わるのが十一時で、十二時半から披露宴なのよ。今日は神戸の姉達もこのホテルに泊まるから多分二次会的に母の姉妹と私達姉妹の女子会になると思うのよ。一時間程抜けて貴女に会いたいわ。悠斗は八時には眠るから、いつも母に寝かせてもらっているので大丈夫よ。じゃあ五時頃にお堀ばたのホテルよ。ここまで来てもらって悪いわね。利加ちゃんに会うの楽しみにしているわ。ホテルに着いたらラインくれる？　じゃあ、待ってます」

この頃は環のいなくなった後を父松三と翔太が取引会社とか木工場、得意先を廻ったりと気の遣う仕事を精力的にこなしていた。京子は母と君子に、だんだん手の掛かる悠斗を頼んで、事務所で環がやっていた帳簿等事務全体をしながら輸出入の為の書類の作成もして忙しく働いていた。

披露宴が終わり、お客様にお礼の挨拶をするために新郎新婦と両家の両親が出口に並び、賑やかに挨拶をし、式が終わった。

五時に近くなったので、母に耳打ちをして悠斗が見ていない隙に後ろのドアから廊下に出てロビーに向かった。

「ここよ」

とピンクの洋服を着た女の子を抱いた桜子が椅子から立ち上がった。

「お待たせしたわね。久し振りね。すっかりお母様になって……」

「お互い様よ」

と笑った。

「可愛いわね。利加ちゃん、こんにちは」

桜子に似て色の白い小さなお人形のような女の子だ。恥ずかしいのか母親の胸に顔を隠した。

「ねえ、悠斗ちゃんにも会いたかったわ」

「駄目駄目。まだ口もきけないのにじっとしてないで歩き廻るし、話なんかしていられないわよ」

祖母環の後を引き継ぎもしないで事務に追われ、出産等で忙しかったので東京の友人には電話をすることも出来なかった。久し振りに会った桜子と近況の話になった。

「うん。富裕子がいたら子供は一歳と十カ月程ね。賑やかだったのにね」

京子はしんみりとした気持ちになっていた。

「そうね。三人共良い子持ちになっていたのにね」

　桜子がちょっと間を置いて、

「そう言えば、この間高校の友人三人で会わなきゃならなくて、話なら四谷の『松寿司』にしようといって久し振りに行ったのよ。店から出られない加代も喜んで、『良治さん、ちょっと奥さん借りますね』って本当に楽しかったのよ。で、その席で私が『そう言えば妹さんの親友の珠子さん、その後どうしてるの』って聞いたら、一瞬、私が珠子って言ったのに驚いたみたいだけど、その時の事思い出して『ああ、あの珠子さんね。妹が言うには親から反対されていたでしょ。それがその後、宮里さんはバツ一だったらしいけど、宮里さん、実家がある八王子の駅の近くに鉄筋三階建ての家を建ててね、一階を〝宮里弁護士事務所〟にして、二、三階を自宅にしたし珠子さんも妊娠してたので、さすがの父親も反対出来なくってね。去年、正式に結婚したんですって。妹が粘り得ねって羨ましがってたわ。弁護士さんてそんなに収入があるものなの？　それとも亡くなった奥さんがお金持ちだったのかしら』って言ってたけど……」

　少し間を置いて、

「ねえ奥さんて、富裕子の事よね。加代には何も話さなかったけど、宮里さん、富裕子の財産相続したんでしょ。だって入籍したって喜んでいたんでしょ」

　と小さな声で訝しげに言った。

京子は急に動悸がしてきて、

「そうよ。きっとだわ。いえ絶対だわ!!」

京子は叫ぶように言って、桜子の顔を見た。

桜子も青い顔で京子を凝視した。

「あの歩道橋での……事故。事故よね。まさか……富裕子……落とされた……」

京子もそれっきり言葉を失い、桜子の言葉を遮るように、慌てて桜子の口を塞いだ。

終わり

あとがき

二〇二〇年に、世界の祭典東京オリンピックが開催されます。

かつて〝お・も・て・な・し〟が流行語大賞に選ばれました。世界中から来られる方々に、日本文化でおもてなしをするのでしょうか。

「おもてなし」の表裏として、「思いやり」がなくてはならないと思います。

小説の中で環が話していましたように、自分では人を傷付けたつもりが無くても、長い人生の間に関わってきた人達を傷付けてしまう事があるのではないかと思われます。

人という字は支え合わなければ人とならないと以前に聞いた事があります。

傷付けながらでも人と関わってゆくうえには、思いやりの精神を大切にしていきたいと思い、無意識におかしている罪を背負っていることを、神仏に許しを乞いながら、周りの人達に思いやりを持って生きてゆきたいと思っております。

谷　玲月

谷　玲月（たに　れいげつ）

神奈川県川崎市生まれ。昭和30年、鶴見女子高等学校卒業。自宅にて40年余り茶道教室を開くなど表千家の茶道教授として活動。著書に『満月の暗闇』（東京図書出版）がある。

黒い影

2019年8月17日　初版第1刷発行

著　者　谷　玲月
発行者　中田典昭
発行所　東京図書出版
発売元　株式会社 リフレ出版
〒113-0021　東京都文京区本駒込 3-10-4
電話（03）3823-9171　FAX 0120-41-8080
印　刷　株式会社 ブレイン

ISBN978-4-86641-251-1 C0093
Printed in Japan 2019

ご意見、ご感想をお寄せ下さい。

［宛先］〒113-0021　東京都文京区本駒込 3-10-4
東京図書出版